Casa Ibiza

Linda van Rijn

# Casa Ibiza

*Literaire thriller*

uitgeverij marmer

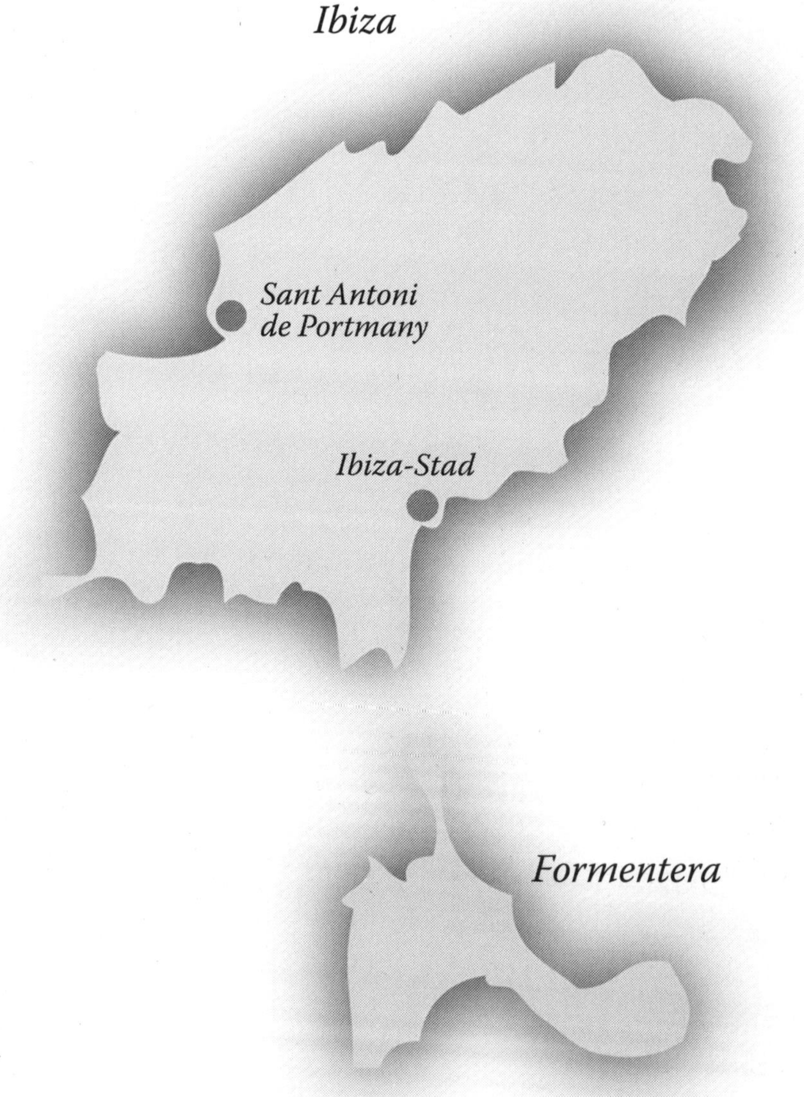
Ibiza
Sant Antoni
de Portmany
Ibiza-Stad
Formentera

# Hoofdstuk 1

'MAMA!' MET EEN HOOP KABAAL EN OP VOLLE SNELHEID stortte Sem zich in haar armen. Anna de Kee moest moeite doen om te blijven staan. Met zijn zeven jaar had hij meer kracht dan hij zich realiseerde.

'Hai schat', lachte ze, terwijl ze over zijn stugge bruine haar streek en hem kuste op zijn kruin. Sem kwebbelde intussen honderduit over zijn dag op school en dat hij daarna met een buurjongetje had gespeeld.

Anna richtte haar aandacht op de man die kwam aanlopen. 'Hai Pieter', zei ze, meteen daarna gevolgd door: 'Dank je wel.'

Haar ex glimlachte. 'Geen probleem, natuurlijk. Hoe gaat het nu?'

Anna wierp een blik op Sem en keek Pieter weer aan. Die begreep wat ze bedoelde. 'Sem, ga jij boven even je tas pakken? Niet vergeten je huiswerk erin te stoppen, hè.'

'Oké, pap.' Het volgende moment stormde het jongetje de trap op. Anna glimlachte toen ze hem nakeek. Het kon bij Sem nooit in de eerste versnelling, eerder in de zesde.

Pieter keek haar weer aan. 'Heb je tijd voor een drankje?'

Anna aarzelde even. Ze moest nog langs de Albert Heijn voor een avondmaaltijd en eigenlijk wilde ze vroeg eten en Sem op tijd in bed stoppen, zodat ze vanavond haar werk kon inhalen. De hele situatie met haar vader slokte zoveel van haar tijd op, dat ze elke minuut dat ze niet bij hem was, drie keer nodig had om van alles in te halen. Toch knikte ze. Ze verlangde naar een wijntje en bovendien wilde ze graag weten hoe Sems dagen bij zijn vader waren verlopen.

'Wit of rood?' vroeg Pieter, terwijl Anna haar jas uittrok en aan de grote, houten keukentafel ging zitten. De tafel die ze ooit samen hadden uitgezocht, ging het door haar heen, maar die gedachte deed haar allang niets meer.

'Sorry, ik moet deze even nemen', zei Pieter, toen zijn telefoon ging. Hij zette de wijn voor Anna neer en verdween naar de kamer, waar hij het telefoontje buiten haar gehoorsafstand beantwoordde. Terwijl ze zijn stem vaag op de achtergrond hoorde, bedacht Anna vluchtig hoe fijn het was dat zij en Pieter tegenwoordig gewoon iets konden drinken met elkaar. Dat ze het oude zeer over nooit uitgesproken ruzies en niet waargemaakte verwachtingen achter zich hadden kunnen laten en als vrienden met elkaar konden omgaan. Zo vaak had ze gedacht dat dit er nooit in zou zitten.

'Je zult wel moeten', had haar moeder regelmatig gezegd wanneer Anna weer eens bij haar klaagde dat ze niks meer met Pieter te maken wilde hebben. 'Het gaat niet om jou.'

Destijds had ze dat heus weleens frustrerend gevonden, maar nu was ze haar moeder dankbaar dat zij zich nooit had gemengd in de problemen tussen Anna en Pieter. Ze had Anna er altijd op gewezen dat Sem het enige was wat echt telde en dat ze haar eigen boosheid en frustraties nooit boven zijn belang mocht stellen.

Zoals altijd wanneer ze aan haar moeder dacht, voelde Anna een steekje in haar maag. Het was jammer dat haar moeder niet meer meemaakte hoe goed het tegenwoordig ging met het co-ouderschap. Al had ze de laatste maanden voor haar overlijden nog wel kunnen merken dat Anna en Pieter er steeds beter uit kwamen. 'Ik ben trots op jullie', had ze op Sems vierde verjaardag gezegd, toen Anna en Pieter hun zoon samen voor het eerst naar de basisschool hadden gebracht.

Anna slikte even. Ze dacht altijd al veel aan haar moeder, maar de laatste weken was dat nog meer dan anders. Eigenlijk was het vanaf het eerste moment na haar overlijden duidelijk dat Anna's vader de klap niet meer te boven zou komen. Veertig jaar getrouwd, zelden problemen – Anna had het huwelijk van haar ouders altijd als een voorbeeld beschouwd. Misschien was het daarom des te frustrerender geweest dat ze Sem niet kon laten opgroeien in dezelfde omstandigheden waarin ze zelf was groot geworden, al had ze die gedachte inmiddels losgelaten. Het was ook weer haar moeder geweest die haar daarbij had geholpen. 'Het belangrijkste wat jij hebt gekregen, was liefde', zei ze een keer toen Anna dit had besproken. 'En er is geen enkele reden waarom Sem niet dezelfde hoeveelheid liefde zou kunnen krijgen. Als jullie dat altijd maar boven alles plaatsen.'

Liefde en warmte waren ook de twee dingen die haar vader zo miste toen haar moeder na een ziekbed van slechts vier maanden was overleden. Uitgezaaide kanker, geen behandeling meer mogelijk, Anna herinnerde zich nog de allesoverheersende wanhoop die ze had gevoeld bij de diagnose. 'Het is zo koud in huis', zei haar vader, een week na haar dood. 'Zo stil.'

Achteraf gezien had ze de tekenen al eerder opgemerkt, maar na haar moeders dood was het snel gegaan met hem. Hij werd vergeetachtig. Als Anna belde, moest hij soms nadenken wie hij aan de telefoon had. Een paar weken later herkende hij Sem niet. Pas toen Anna had gezegd dat het zijn kleinzoon was, zei hij: 'O ja.' Maar in zijn ogen had Anna gelezen dat hij het toen nog niet wist. Tegen haar principes in was Anna gaan rondneuzen in het huis. Er lag vuile was in de kast, de koelkast stond vol schimmelende producten. Ze had haar broer Vincent gebeld en meteen die avond hadden ze een gesprek gehad met z'n drieën, maar volgens haar vader was er niks aan de hand. En nee, natuurlijk ging hij niet naar de huisarts. Hij moest zijn draai vinden zonder zijn vrouw en dat was verschrikkelijk moeilijk, dat begrepen zijn kinderen toch wel? Er was niks aan de hand met hem en hij was al helemaal niet van plan de dokter te gaan lastigvallen, want die man had wel iets beters te doen.

Anna dacht niet graag terug aan die tijd. Er was veel onbegrip geweest van beide kanten, en ook tussen haar en Vincent. 'Het is aan hem', had haar broer regelmatig gezegd, als ze hem weer eens aan de telefoon had hierover of als ze boos fluisterend in het halletje bij de voordeur van hun vaders huis stonden. 'Als hij niet wil, kunnen we hem niet dwingen.'

'Hij vervuilt', had Anna dan gezegd. 'Straks gaat hij nog wandelen en weet hij niet meer hoe hij thuis moet komen. Er kan wel ik-weet-niet-wat gebeuren.'

Maar Vincent was van mening geweest dat hun vader niet gedwongen kon worden naar een dokter te gaan en uiteindelijk had Anna dan maar zelf de huisarts gebeld. Daarna was het snel gegaan. Haar vader – van de oude stempel – had groot respect voor de huisarts en toen die op een middag op bezoek was gekomen om te kijken hoe het met hem ging, was het gesprek op vergeetachtigheid gekomen. Anna was de huisarts nog steeds dankbaar voor de manier waarop hij het had aangepakt. Heel voorzichtig en zonder dwang had hij haar vader doen inzien dat hij misschien toch eens met een meer gespecialiseerde dokter moest praten. Anna wist niet precies hoe de huisarts het voor elkaar had gekregen, maar achteraf beweerde haar vader dat hij zelf om zo'n gesprek had gevraagd. Al kon dat natuurlijk ook te maken hebben met zijn snel verslechterende geheugen.

Alzheimer, die diagnose was niet lang daarna gesteld en toen dat eenmaal was gebeurd, leek het alsof haar vader het opgaf. In de loop van slechts een paar maanden was hij veranderd in een oud mannetje met een lege blik. Anna had nooit kunnen vermoeden dat aftakeling zoveel pijn kon doen. Bij haar moeder had ze het al meegemaakt, maar zij had in elk geval tot het laatst haar karakter behouden. Een dag voor haar dood maakte ze nog grapjes, ook al was aan alles duidelijk te merken dat de pijn onhoudbaar was. Haar vader had al bijna twee jaar geen eigen karakter meer, geen identiteit. De laatste maanden leek hij het niet eens te merken als ze langskwam. Hij reageerde niet op haar stem, zat maar in de leunstoel in de huiskamer van het verpleeghuis waar hij woonde sinds de verzorging door de thuiszorg ontoereikend was geworden. Althans, daar had hij altijd gezeten, tot hij een maand geleden ook nog een hersenbloeding had gekregen. Sindsdien was hij nog sneller achteruitgegaan en nu was het slechts nog wachten op het moment dat hij zou overlijden.

'Het laat zich moeilijk voorspellen', zei de verpleeghuisarts nu al zes dagen. Anna en Vincent wisselden elkaar zoveel mogelijk af naast het bed van hun vader, al had Anna al een paar keer gedacht dat het feitelijk niet zoveel uitmaakte of ze er waren. Ze maakte zichzelf wijs dat haar vader het ergens kon voelen, maar als ze er rationeel naar keek, wist ze ook wel dat dat niet waar was. Ze zaten er vooral uit liefde voor de man die hen had grootgebracht en misschien ook uit plichtsbesef. Anna kon eigenlijk niet anders dan hopen dat het snel voorbij zou zijn, misschien nog wel meer voor hun vader dan voor haarzelf.

'Sorry dat ik je liet wachten', zei Pieter, toen hij de keuken weer in kwam. Hij hield even zijn hand met daarin zijn telefoon omhoog. 'Werk.'

'Nee joh, geen probleem.'

'Volgens mij zit Sem boven met zijn Transformers te spelen. Ik hoor een hoop kabaal uit zijn kamer komen.'

Anna glimlachte. 'Hij kan echt geen genoeg krijgen van die dingen.'

'Mijn moeder heeft hem er ook weer eentje gegeven.' Pieter trok een gezicht en keek daarna ernstig. 'Hoe was het vandaag met je vader?'

Anna haalde kort haar schouders op. 'Hetzelfde. Volgens de arts kan het elk moment over zijn, of nog weken duren.

Ze zegt dat het echt niet te voorspellen is en dat je soms versteld staat van hoelang mensen het nog volhouden.'

'En wat denk jij?'

'Mijn gevoel zegt dat het einde er nu wel echt aan komt. Maar misschien hoop ik dat alleen maar.'

Pieter hield zijn hoofd schuin. 'Is het nog vol te houden?'

'Ach.' Anna slaakte een zucht en merkte zelf hoe trillerig die klonk. 'Het klinkt misschien cru, maar ik verlang echt naar het einde. Dit is geen leven voor hem. Als ik denk aan de man die hij altijd was en de man die hij nu is, moet ik gewoon huilen bij het idee dat hij dit nooit zou hebben gewild.'

Pieter knikte. 'Hij was altijd zo sterk.'

'Ja.' Anna knikte en stond zichzelf een korte gedachte toe aan haar vader van vroeger, maar toen knipperde ze een paar keer en verdween dat beeld van haar netvlies. Het had geen zin dat ze zichzelf verdrietig maakte met zulke gedachten. Ze nam een slok wijn en veranderde van onderwerp. 'Hoe ging het met Sem?'

Pieter knikte. 'Prima. Hij heeft veel gespeeld met de buurjongens. Volgens mij had hij niet eens echt door dat hij een dag langer bij mij was dan anders.'

'Gelukkig.' Anna glimlachte terwijl Pieter vertelde over hun zoontje. Het co-ouderschap liep tegenwoordig niet in de laatste plaats zo goed doordat Sem het makkelijkste jongetje ter wereld was. Zowel bij Anna als bij Pieter had hij het naar zijn zin en slechts een heel enkele keer zei hij dat hij de andere ouder miste. In die zin was het misschien een voordeel dat hij pas anderhalf was geweest toen zijn ouders uit elkaar gingen: hij wist simpelweg niet beter. Heel soms vroeg hij waarom zijn papa en mama niet in één huis woonden, zoals bij het grootste deel van zijn vriendjes wel het geval was, en dan zei Anna altijd dat papa en mama elkaar heel aardig vonden, maar alleen als ze niet bij elkaar woonden. Vooralsnog nam Sem daar genoegen mee.

'Nog een beetje?' vroeg Pieter en enigszins tot haar verbazing zag Anna dat haar glas leeg was.

Ze schudde haar hoofd. 'Nee, dank je. We gaan maar eens naar huis.' Ze liep naar de gang en riep Sem, die met zijn handen vol speelgoed naar beneden kwam. 'Dit moet ook mee, mam.'

Anna wist de hoeveelheid robots, autootjes en Transformers tot de helft te reduceren en daarna trok ze Sems jas bij hem aan. Ze zeiden Pieter gedag en liepen naar de auto. Het was al bijna halfzes en bij het idee dat ze nog boodschappen moest doen en moest koken, had Anna zin om te huilen. Normaal was ze niet zo, maar de laatste tijd zaten de tranen erg hoog. Gewone dagelijkse dingen konden haar ineens stress bezorgen en tegen de tijd dat ze zich door het drukke stadsverkeer richting hun eigen huis had gewurmd, had ze zichzelf toegestaan de taak voor nu van haar lijstje te schrappen.

Ze draaide zich daarna om naar haar zoon op de achterbank. 'Heb je zin in Thais?'

Meteen begon Sem te juichen. 'Ik wil die curry met nootjes.'

Anna glimlachte. Waar andere kinderen het liefst patat of pannenkoeken aten, was Sem verslingerd aan de curry van hun favoriete bezorg-thai. Soms bedacht ze met enige schaamte dat dat misschien ook wel kwam door de frequentie waarmee ze bij het restaurant bestelde. Maar het was nu eenmaal een drukke tijd en bovendien was het eten helemaal niet ongezond. Althans, dat vertelde ze zichzelf om haar schuldgevoel wat te doen afnemen.

Ze belde vanuit de auto naar het restaurant. De bestellijst kende ze uit haar hoofd en haar adres hoefde ze al niet meer door te geven. 'Het is wel druk', kreeg ze te horen. 'We proberen er binnen een uur te zijn.'

Anna keek op het digitale klokje in het dashboard. 'Prima.' Toen ze had opgehangen, stond ze voor de deur van haar huis. Ze ging naar binnen en besloot de tijd die ze ineens overhad, te gebruiken voor een spelletje met haar zoon.

Een halfuur later was ze al twee keer genadeloos ingemaakt met memory en keek ze wanhopig naar Sem. 'Waarom kan ik niet van je winnen?'

'Omdat ik hier heel goed in ben, mama.'

Anna grinnikte. 'Dat is waar.' Ze had eens gelezen dat het bijna onmogelijk was om een potje memory te winnen van kinderen van Sems leeftijd. Op een of andere manier waren hun hersenen in staat de kaartjes veel beter te onthouden dan volwassenen.

'Nog een keer?' vroeg Sem hoopvol.

Anna stond op het punt om toe te geven, toen haar telefoon ging. Het was Vincent. Een vreemd gevoel bekroop haar, hoewel ze de laatste tijd voortdurend een hotline had met haar broer. Op een of andere manier begon haar hart te bonzen. Ze slikte even. Toen ze opnam, trilde haar hand. 'Hai', zei ze zacht.

Het duurde even voordat ze Vincents stem hoorde. Die klonk breekbaar. 'An...' zei hij, met daarna opnieuw een stilte alsof hij naar woorden moest zoeken of zijn boodschap nog even wilde uitstellen. Uiteindelijk haalde hij diep adem en zei: 'Het is gebeurd.'

Anna beet op haar lip. Een verrassing kon je het niet noemen, maar toch voelde het alsof iemand haar rechtstreeks in haar hart stak. Ze wilde niet huilen waar Sem bij was, maar toen ze haar hoofd boog, drupten er tranen op de memorykaartjes.

*Vier maanden later*

# Hoofdstuk 2

'Is het een toost waard?' Weifelend hield Ciska haar glas een stukje in de lucht. Haar donkere ogen stonden vragend.

Anna draaide haar eigen glas rond aan het pootje en haalde kort haar schouders op. 'Ik vermoed van wel. Al voel ik me niet erg feestelijk.'

'Dat snap ik.' Haar vriendin keek even naar haar glas en nam toen toch maar een slok, Anna volgde haar voorbeeld. De wijn voelde branderig in haar keel. Ze verbeeldde zich dat ze het effect van de alcohol al bij de eerste slok kon voelen.

'Het is goed dat het achter de rug is', zei Anna in een poging toch iets positiefs te brengen. 'Ik ben blij dat het zo snel is verkocht, anders blijf je er maar mee bezig. En het zijn leuke mensen.'

‘Lief dat ze bloemen hadden meegenomen naar de notaris’, zei Ciska, met een hoofdknik in de richting van het boeket dat Anna op de lege stoel naast haar had neergelegd.

‘Neem jij ze maar’, had Vincent gezegd. Meteen na het tekenen was hij weer verdwenen. Anna had gevraagd of hij met haar wilde lunchen, maar hij had geen tijd, zei hij. Dat had ze jammer gevonden. De verkoop van het huis van haar ouders had haar toch meer geraakt dan ze had gedacht en het zou fijn zijn geweest om dat met haar broer te kunnen delen.

‘Hij is een man’, had Ciska gezegd toen Anna daar een opmerking over had gemaakt. ‘Hij doet niet aan gevoelens. Niet zoals jij.’

Hij had veel geregeld, dat moest Anna toegeven. Niet alleen had hij de organisatie van de begrafenis grotendeels op zich genomen, hij had ook allerlei financiële en administratieve zaken afgehandeld. Nooit had Anna kunnen bedenken hoeveel er moest gebeuren. Vincent leek het ook prettig te vinden om hiermee bezig te zijn. Hij was een doener, geen prater. Dat laatste was Anna inmiddels meer dan duidelijk. Ze had zo vaak geprobeerd een gesprek aan te gaan, over gevoel, verdriet, de toekomst, het verleden, maar Vincent had daar niet echt behoefte aan gehad, had ze gemerkt. ‘Hij praat daar gewoon niet makkelijk over’, had Gisèle, zijn vriendin, gezegd in een zeldzaam moment van vertrouwelijkheid tussen haar en Anna. ‘Ik laat hem maar.’

Anna wilde dat ze dat ook zo makkelijk kon zeggen, dat ze Vincent maar gewoon zou laten. Alleen de waarheid was dat ze meer dan ooit behoefte had om te praten. Over hun gezin, hun ouders, hun afkomst. Het verleden waar ze het al zo lang niet meer over hadden. Niet omdat het niet mocht, maar omdat het praten erover simpelweg was uitgedoofd. Alles was al een keer gezegd en een verhaal dat zichzelf niet meer aanvulde, hoefde op een zeker moment niet langer te worden verteld.

Maar nu was alles anders. In het huis hadden ze spullen gevonden van Yara. Vincent had ze resoluut willen weggooien, Anna wilde ze bewaren. Nu stonden er twee verhuisdozen in haar slaapkamer waar ze geen ruimte voor had. Er was kleding bij van haar zusje, een dagboekje, wat armbandjes. Ze herinnerde zich de dag dat ze de spullen een voor een door haar handen had laten gaan, zittend op de vloer van de zolder in het huis van haar ouders. Het was nog niet zo lang geleden, misschien drie, vier weken. Het huis was verkocht en Vincent en zij waren bezig geweest het leeg te halen. Anna had de zolder voor haar rekening genomen. Het had haar niet moeten verbazen dat haar ouders spullen van Yara hadden bewaard, maar toch was ze er niet op voorbereid geweest toen ze de doos opende.

Bovenop lag een foto, ingelijst. Anna kende deze niet, het was een andere dan de foto's van Yara die beneden in de huiskamer hingen. Haar zusje keek brutaal de camera in, twee staartjes op haar hoofd. Ze moest een jaar of zes, zeven zijn geweest. Anna had een tijdje naar de foto gekeken. In haar hoofd kon ze zo Yara's kinderstemmetje terughalen, zelfs na al die jaren.

'De dag dat mijn ouders braken', had ze het tijdens haar toespraak op de begrafenis van haar moeder destijds genoemd. Bij haar vader had ze dat herhaald. Dat was het ook. Haar leven en dat van haar ouders en Vincent viel in twee delen uiteen: voor en na Yara's dood. Vincent was elf geweest, Anna dertien. Ze had gezien hoe het verdriet haar ouders had verteerd. De eerste jaren was het stil geweest in huis, zo ontzettend stil. Niet alleen doordat Yara's stem ontbrak, maar ook door de zwaarte van het gemis. Haar ouders, die hun best deden om voor hun andere kinderen de vader en moeder te zijn die ze altijd waren, waren intussen de uitputting nabij. Verdriet holde je uit, vanbinnen. Dat wist Anna omdat ze het als kind in haar eentje probeerde te dragen. Ze kon er wel mee bij haar ouders terecht, maar dat deed ze zelden. Ze wilde hen niet verder belasten. De rouwtherapeut naar wie haar ouders haar en Vincent toe hadden gestuurd, had gelukkig goed werk gedaan. Al vroeg in het rouwproces had zij ingezien dat Anna klassiek compensatiegedrag begon te vertonen. Extra lief zijn om haar ouders niet tot last te zijn, het braafste meisje zodat ze trots op haar konden zijn, trots genoeg voor twee. Dankzij de therapie had ze geleerd dat het zo niet werkte. Anna's gedrag zou niets veranderen aan het gemis van Yara en zij kon het verdriet van haar ouders niet oplossen. Wat ze wel kon doen, was zichzelf zijn, met al haar eigenschappen en gevoelens. Anna wist nog hoe moeilijk ze dat eerst had gevonden, maar ze was blij dat de therapeut haar het enige juiste inzicht had verschaft. Later had haar moeder weleens gezegd hoe moeilijk ze het had gevonden om Anna in eerste instantie te zien veranderen in een stil en zorgelijk meisje. Haar eigen, enorme verdriet had gemaakt dat haar moeder niet zelf in staat was geweest Anna op de juiste manier op te vangen en te begeleiden. 'Ik was zo blij toen je weer jezelf werd', had haar moeder gezegd. Anna had tranen in haar ogen gekregen bij die woorden.

'Zijn jullie er al uit wat je met het huis op Ibiza doet?' onderbrak Ciska haar gedachten, terwijl ze de menukaart dichtsloeg.

Anna knipperde tegen de zon en dook in haar tas om haar bril te pakken. Het was uitzonderlijk warm voor mei.

'We gaan het verhuren', zei ze toen. 'Vincent stelde eerst voor om het te verkopen, maar dat wil ik echt niet.' Ze schudde haar hoofd. 'Ik begrijp nog steeds niet waarom hij dat zei. Het huis hoort bij onze familie.'

Het huis in Nederland, oké, daarover waren ze het eens geweest. Destijds vond ze het jammer dat haar ouders de Vinkeveense villa waar Anna en Vincent waren opgegroeid van de hand hadden gedaan, maar nu was het eigenlijk wel een opluchting. De dijkwoning die ze een uur geleden door middel van een handtekening bij de notaris van eigenaar hadden doen wisselen, had voor haar veel minder emotionele waarde. Zelf wilde ze er niet wonen, nog los van de vraag of ze genoeg hypotheek kon krijgen om Vincent uit te kopen. Haar sieradenmerk liep goed, maar banken zagen toch liever een vastere vorm van inkomen. Vincent wilde er ook niet wonen en dus waren ze op zoek gegaan naar een makelaar, die het voor een goede prijs had verkocht.

Maar voor de vakantievilla in Sant Antoni de Portmany lag het anders. Die wilde Anna echt niet kwijt, al konden ze er waarschijnlijk een leuk bedrag voor krijgen. Maar elke vakantie van haar jeugd had ze er doorgebracht, zoveel herinneringen kleefden aan de kamers, de grote keuken, de tuin, het zwembad. Als ze haar ogen sloot, rook ze nog altijd de sinaasappelbomen in de tuin. Dan kwamen er plaatjes voorbij in haar hoofd. Foto's, momentopnames, elkaar afwisselend als in een oude diaprojector. Spelen in de tuin. Zonovergoten dagen op een van de vele strandjes op het eiland. De late middagzon op het grote terras voor het huis. Haar eerste vakantievriendje, een macho die Felipe heette en op wie ze belachelijk verliefd was. Onvermijdelijk had hij haar hart gebroken.

De herinneringen bleven komen. Stappen in Ibiza-Stad. Urenlang zwemmen. Met z'n allen aan de lange tafel onder de bomen, soms met z'n vijven, soms met een grote groep vrienden en familie. Later met z'n vieren, dat waren de plaatjes die nog altijd pijn deden. Ze kon Ibiza niet los zien van die ene zomer en misschien was dat wel de belangrijkste reden dat ze het huis wilde houden.

'Verhuren is toch prima?' zei Ciska. 'Wat kan Vincent daar nou op tegen hebben?'

Anna haalde haar schouders op. 'Dat was mij ook niet helemaal duidelijk. Als het om de zakelijke kant gaat, is verhuur ook alleen maar beter. Het levert veel op, we kunnen het onderhoud er makkelijk van betalen en houden dan allebei nog een leuk bedrag over.' Ze fronste even. 'Ik had eerder het idee dat zijn voorstel te maken had met zijn missie om niet te veel pijn te voelen. Vincent sluit zich liever af dan dat hij dealt met herinneringen. En herinneringen zijn er natuurlijk genoeg in het vakantiehuis.'

Ciska knikte. Zij en Anna waren al ruim tien jaar bevriend en natuurlijk kende ze Anna's verleden. 'Je zou wel gek zijn om het te verkopen', zei ze. 'Op elk gebied.'

Anna knikte en liet haar gedachten even de vrije loop. Naast de gelukkige herinneringen was er ook die ene dag, begin augustus, dit jaar achttien jaar geleden. De zomervakantie viel laat en ze hadden nog meer dan drie weken vakantie voor de boeg. Anna had die ochtend gespeeld bij een vriendinnetje, de dochter van een ander Nederlands gezin dat een huis in de buurt had. Rond de middag was ze thuisgekomen. Yara was er niet. Lange tijd had Anna het heel moeilijk gevonden dat ze niet precies wist wanneer ze haar zusje voor het laatst had gezien. Of het die ochtend bij het ontbijt was geweest of vlak voor ze naar haar vriendinnetje vertrok. Ze meende zich het laatste te herinneren, maar tot op de dag van vandaag wist ze het niet zeker. Inmiddels had ze geleerd om zich daarbij neer te leggen, want het veranderde niets aan de situatie. Inmiddels had ze ook geleerd het schuldgevoel van zich af te zetten. Toen ze thuis was gekomen, had ze eigenlijk willen gaan zwemmen. Maar boekenwurm als ze vroeger was, zat ze helemaal in een geweldig boek. Even had ze getwijfeld, toen was ze met haar boek op een ligstoel neergestreken. Lange tijd had ze zichzelf gek gemaakt met de gedachte dat alles anders was gelopen als ze die dag wel was gaan zwemmen.

Yara werd om drie uur gevonden, toen Anna nog op haar stoel lag. Haar vader was binnen, haar moeder zat in de beschutting van de prachtige oude olijfboom te lezen. Vincent was zoals gewoonlijk aan het rommelen met wat gereedschap in het oude schuurtje. Yara was op een van haar favoriete plekken in de grote tuin: achter de cipressenhaag, waar het weiland van de buren begon. Daar kon ze heel lang zitten, vaak wel een of twee uur. In de wei stonden paarden en Yara vond het leuk om naar de dieren te kijken of ze te aaien als ze dicht bij het hek kwamen. Soms wel een uur lang, of nog langer. Hun vader had weleens voorgesteld dat hij de buurman zou vragen of Yara daar kon paardrijden. Hij had een groot perceel en tientallen paarden, waaronder de dieren in de wei. Maar dat hoefde niet, zei Yara altijd. Ze vond kijken leuker dan rijden. Soms nam ze haar tekenspullen mee en kwam ze terug met schetsen die verrassend mooi waren.

Anna wist dat ze nooit meer de kreet zou vergeten die haar moeder slaakte toen ze Yara uiteindelijk vond. Nog voor ze zich goed en wel realiseerde wat er gebeurde, was Anna opgesprongen van haar stoel. Vincent kwam ook aanhollen, net als hun vader. Ze herinnerde zich zijn hand voor haar ogen en de hardhandige duw waarmee hij haar naar binnen dirigeerde. Trillend had ze binnen gezeten, terwijl er om haar heen van alles gebeurde. Haar moeder schreeuwde en huilde, er kwam politie, een ambulance en later nog een. Al die tijd zat Anna in de keuken, haar hoofd gebogen, haar ogen meestentijds dicht. Ze had meteen geweten dat Yara dood was. Het duurde lang voor haar ouders haar dat kwamen vertellen en toen ze het zeiden, had Anna alleen maar geknikt. Ze zou nooit de blik in de ogen van haar vader en moeder vergeten.

'An?' Toen Ciska begon te praten, leek het alsof Anna naar een andere wereld moest overschakelen. Nu pas zag ze de ober die weer aan hun tafeltje was verschenen. Hij zette de borden voor hen neer. Erg veel trek had ze niet. 'Sorry, wat zei je?'

'Ik vroeg of het huis dit jaar al in de verhuur gaat.'

Anna haalde haar schouders op. 'Ik weet niet of we dat redden. Het moet nog worden opgeruimd, want ik wil niet dat er persoonlijke spullen rondzwerven als er verhuurders komen. Ik wil er in de eerste week van de zomervakantie naartoe, als Pieter met Sem op Texel is.'

'Als je hulp nodig hebt, moet je het maar zeggen.'

Anna hield haar hoofd schuin. 'Meen je dat?'

'Natuurlijk. Ik kom je graag helpen. Maar ik kan me ook voorstellen dat het huis opruimen iets is wat je graag met Vincent wil doen.'

Anna glimlachte even, al klonk het wat cynisch. 'Ik heb het laatst met hem besproken, maar hij heeft pas na de zomer tijd, zegt hij. Het schijnt erg druk te zijn op zijn werk.'

'Je kunt sowieso op me rekenen', zei Ciska. 'Denk er maar even over na.'

'Nou, daar hoef ik niet over na te denken', zei Anna meteen. 'Als je wil, heel graag.'

'Deal', zei Ciska met een glimlach. 'Het is niet bepaald een opoffering, een week naar Ibiza.'

'Wacht maar tot je ziet wat mijn ouders allemaal hebben bewaard', zei Anna, half lachend. 'Bij het opruimen van het huis in Vinkeveen heb ik me daar regelmatig over verbaasd. De administratie van 1978 tot nu, om maar eens wat te noemen. En op Ibiza staat de bergzolder alleen al tjokvol met spullen, weet ik. Om het over de garage maar niet te hebben.'

'Dat komt wel goed', zei Ciska. 'Sinds ik Marie Kondo heb ontdekt, kan ik heel goed opruimen.'

'Wie?' vroeg Anna fronsend.

'Marie Kondo, ken je die niet?' Ciska vertelde over een of andere Japanse opruimgoeroe wier boek ze onlangs had gekocht. 'Echt, je moet het lezen. Alleen al daarvan word je heel zen.'

'Zen worden kan ik wel gebruiken', zei Anna met een halve glimlach. Ze pakte haar glas en hield het in de lucht. 'Al helpt dit ook best goed, moet ik zeggen.'

‘Nou, daarvan hebben ze op Ibiza ook wel genoeg, lijkt me.’

Anna grinnikte, nam een slok en keek haar beste vriendin daarna serieuzer aan. ‘Ik waardeer het echt dat je wilt helpen. Het lijkt me heel fijn om dit samen met jou te doen.’

‘Je weet dat je altijd op me kan rekenen.’

# Hoofdstuk 3

ZODRA DE WIELEN DE GROND RAAKTEN, BEGON ANNA'S hart sneller te slaan. Niet vanwege de landing – hoewel ze nooit erg dol was geweest op vliegen – maar omdat het nu dichtbij kwam. Aan de ene kant had ze ernaar uitgekeken om weer naar Ibiza te gaan. Het idee dat ze weer in het huis zou zijn, bezorgde haar een vertrouwd gevoel, wat ze de laatste tijd juist zo vaak miste. Op een of andere manier had ze het idee dat ze in de villa in Sant Antoni de Portmany zich dichter bij haar ouders zou voelen dan in Nederland. En dat wilde ze graag, al zag ze daar paradoxaal genoeg ook enorm tegen op. Hoe meer ze hun aanwezigheid voelde, hoe groter ook hun afwezigheid binnenkwam. Al was haar vader al twee jaar niet meer in het huis geweest en was het al die tijd onderhouden door Roberto, de oudere man die al jaren voor de villa zorgde bij afwezigheid van haar ouders.

Gelukkig ging alles snel en binnen een halfuur stonden ze al buiten de aankomsthal te wachten. Roberto had aangeboden hen met de auto van haar ouders te komen halen. Toen ze de blauwe BMW ontwaarde in de opstopping van aankomende en vertrekkende auto's, kreeg Anna even een brok in haar keel. Het was al meer dan twee jaar geleden dat ze hier voor het laatst was geweest, toen nog met haar vader. Zijn vergeetachtigheid was al aanzienlijk, maar hij vond dat hij best in zijn eentje naar het eiland kon. Anna had Roberto gevraagd extra op te letten en elke dag had hij haar een bericht gestuurd om te laten weten hoe het ging. Gelukkig was er niets gebeurd in de week dat haar vader alleen was en daarna was Anna er zelf bij geweest. Die tien dagen die ze met hem en Sem in de villa had doorgebracht, kwamen haar ineens heel waardevol voor.

'Anna.' Op Roberto's wangen blonken tranen toen ze hem omhelsde. Hij hield haar op armlengte afstand en trok haar toen weer tegen zich aan. 'Ik vind het zo naar voor je', zei hij in het Spaans.

Anna knikte een beetje. 'Hij was er al een tijd niet meer', zei ze toen. 'Hoe erg ik hem ook mis, ik mis vooral de man die hij ooit was. Niet de man van de maanden voor zijn dood.'

Roberto knikte een paar keer. 'En hij is nu weer bij zijn vrouw. Dat vind ik een mooi idee.'

Anna knikte opnieuw en daarna begroetten Roberto en Ciska elkaar. Anna was weleens vaker met haar vriendin op Ibiza geweest, dus de twee hadden elkaar eerder ontmoet.

Roberto nam plaats achter het stuur en even later verlieten ze de luchthaven. Anna keek om zich heen. Zoals altijd voelde het als thuiskomen als ze hier was. Als ze naar rechts keek, zag ze Ibiza-Stad liggen, met de oude stad Dalt Vila als herkenningspunt op een heuvel. Vroeger gingen ze vaak uit eten op een van de terrasjes. Als kind dwaalden Vincent en zij dan rond in de oude straatjes tot ze uiteindelijk weer op het juiste pleintje uitkwamen. Later ging er geen vakantie voorbij zonder dat ze er iets ging drinken of ging rondneuzen in de vele winkeltjes. 'Daar gaan we deze week zeker een keer naartoe', wees ze Ciska.

Ze reden verder en lieten Ibiza-Stad achter zich. Anna staarde naar buiten en liet het landschap aan zich voorbijtrekken. De velden met gele bloemen, de sinaasappelbomen met hun takken vol oranje vruchten, de heuvels in de verte – het was allemaal zo vertrouwd. In de verte ving ze een glimp op van de diepblauwe zee. Ze keek naar haar vriendin op de achterbank. 'Zin om straks naar het strand te gaan?'

Ciska grijnsde. 'Dat hoef je natuurlijk geen twee keer te vragen.'

'Laten we naar Cala Gracio gaan. Dat is mijn favoriete strand in de buurt van de villa.'

Roberto had de naam van het strand opgevangen en knikte. 'Heerlijk is het daar.'

Anna keek naast zich. Roberto hield zijn handen losjes op het stuur en trommelde zachtjes mee met het ritme van de muziek op de radio.

'Hoe is het met Leona?' vroeg Anna.

Roberto knikte. 'Goed. Ze kijkt ernaar uit je te zien.' Hij blikte opzij. 'En met Sem?'

'Goed.' Anna glimlachte. 'Ik heb moeten beloven dat hij

de volgende keer weer mee mag. Hij is nu met zijn vader op vakantie.'

'Mist hij zijn opa?'

Anna keek uit het raam en wist niet goed hoe ze die vraag moest beantwoorden. Sem was oud genoeg om zich haar vader te herinneren toen hij nog de geweldige opa kon zijn die hij vroeger was. Toen haar vader langzaamaan slechter werd, had ze Sem niet meer meegenomen. Hij begreep het niet dat opa elke keer vroeg wie hij was en het maakte hem alleen maar verdrietig en bang. De klap van opa's overlijden was bij hem dan ook niet zo hard aangekomen, voor hem was opa er al een tijdje niet meer. 'En eigenlijk geldt dat voor ons allemaal', had Anna op de begrafenis gezegd, toen ze Sems beleving met de aanwezigen had gedeeld.

'We hebben het er hier veel over gehad', zei Roberto. Anna wist dat hij met 'we' de vrienden en kennissen van haar ouders bedoelde, die Roberto veelal ook kende. Na zoveel jaar hadden ze veel locals tot hun inner circle kunnen rekenen, net als een heel aantal van de andere buitenlandse huizenbezitters. Hoewel Ibiza in de zomer werd overspoeld door toeristen, was er een kleine, hechte gemeenschap. Wie al zo lang op het eiland kwam, ging er vanzelf onderdeel van uitmaken.

Roberto minderde vaart en sloeg rechtsaf, het dorpje in. Anna ging wat meer rechtop zitten. Ze kende de straten van Sant Antoni als haar eigen dorp. Het was siësta en veel luiken waren gesloten. De supermarkt was dicht, net als de winkeltjes met kleding en snuisterijen. Maar de terrassen zaten vol, Anna zag borden vol eten en kreeg meteen trek.

Roberto sloeg rechtsaf. De rustige straat voerde hen het dorp uit. Nog een afslag en toen nog een en uiteindelijk bereikten ze de onverharde weg die naar de villa leidde. De auto hopste over de stenen en toen sloeg Roberto linksaf, de oprit op. Die voerde een klein stukje omhoog tot een klein parkeerplaatsje voor de deur van het huis. Anna keek om zich heen. In de tuin groeiden de sinaasappelbomen maar door. Hun oranje vruchten hingen in groten getale aan de takken. Op haar tong proefde ze al bijna de sinaasappeltaart die haar moeder er altijd zo graag van maakte.

Ze stapte uit en bleef staan. Diep snoof ze de geuren op, van de bomen, de lucht, de kruiden die elders in de tuin groeiden. Ze keek naar de witgepleisterde villa, die fel afstak tegen de strakblauwe lucht. De terrakleurige voordeur, de potten met roze bloemen aan weerszijden ervan, het glas-in-loodraampje naast de deur, de bougainville die langs de muur groeide – het voelde als gisteren dat ze hier voor het laatst was geweest.

'Gaat het?' vroeg Ciska, terwijl ze kort Anna's arm aanraakte. Anna knikte. Verdrietig was ze niet, maar het gevoel van gemis dat altijd op de achtergrond aanwezig was, was nu sterker dan anders. Alsof ze zich hier extra duidelijk realiseerde dat haar ouders echt nooit meer terugkwamen.

Ze keek om zich heen. De voortuin was goed onderhouden en overal bloeiden bloemen. De mooiste tijd van het jaar, zei haar moeder altijd. Anna was het met haar eens. Nu de zomer net was begonnen, lieten alle bloemen zich van hun mooiste kant zien. Dichtbij hoorde ze het gezoem van de bijen, maar verder was het doodstil.

De stilte had haar ouders voor deze plek doen vallen, had haar moeder weleens verteld. Toen ze de villa kochten was het niet het prachtige huis geweest dat er vandaag de dag stond. Haar ouders hadden het oude huis vooral gekocht voor de plek: dicht bij Sant Antoni, maar met de rug tegen de groene heuvels en vlak bij de zee. Van het oude huis was uiteindelijk niet meer dan een geraamte overgebleven. Bouwvakkers waren meer dan vier maanden bezig geweest dat om te vormen tot een mooi vakantiehuis. In de loop der jaren waren er nog allerlei opknapbeurten en kleine verbouwingen geweest. Haar vader kon nooit echt stilzitten als hij hier was, dan ging hij altijd iets verven of verbeteren.

Het slot knarste toen Roberto de sleutel omdraaide. De houten voordeur zwaaide open en ze stapten naar binnen. De lucht in de hal had iets muffigs. Anna wierp een blik op de foto's aan de muur, het tafeltje met een bakje voor sleutels en andere rommeltjes. Elke millimeter, elk detail, het voelde vertrouwd. De voetstappen van haar sneakers klonken wat piepend toen ze over de plavuizen naar de keuken liep, die vijf jaar geleden was vernieuwd. De oude keuken had plaatsgemaakt voor een moderne variant, maar wel in de stijl van het eiland. De kasten hadden frontjes van mooi, dik hout, het blad was van zwaar graniet en de blikvanger was een groot gasfornuis met eronder een oven waar met gemak een braadstuk voor tien man in paste. Niet dat dat er ooit in lag, want liever hadden haar ouders de barbecue op het terras gebruikt.

'Wauw', hoorde ze Ciska zeggen. 'Die keuken had ik nog niet gezien. Die is echt prachtig.'

Anna keek om en glimlachte bij het zien van de

bewondering op het gezicht van haar vriendin. 'Snap je nu dat ik het huis nooit wil verkopen?'

Anna schudde haar hoofd toen ze er weer aan dacht. Eerst had Vincent gezegd dat hij niet kon komen, maar nu had hij toch vrij geregeld. Over twee dagen zou hij zich bij hen voegen, samen met Gisèle. Anna ging ervan uit dat hij dan zelf ook niet meer zou weten wat hem bezielde.

Roberto had de keukendeuren geopend en Anna liep naar buiten, het terras op. De vloer was geplaveid met tegels in een lichte terrakleur, aan elkaar geregen met brede, donkergrijze voegen. Zes ligbedden stonden klaar, waarvan twee onder de rieten overkapping. Er lagen kussens op. Ze keek Roberto aan. Hij glimlachte. 'Ik wilde dat je je thuis zou voelen.'

'Dank je wel', zei ze zacht en liep verder, het terras af, de tuin in. Vanaf hier was het lager gelegen zwembad te zien. Automatisch gleed haar blik naar rechts, een meter of dertig verder. Nog lager en iets beschut achter een rij cipressen. Nu was er een bloementuin die door haar moeder altijd met veel liefde was onderhouden. Ooit was daar het zwembad geweest.

Ze maakte haar blik los en keek om. Ciska stond een paar meter achter haar. 'Gaat het?'

'Ja.' Anna knikte ferm. 'Het gaat.'

Roberto stond er wat onbeholpen bij. 'Ik laat jullie nu met rust', zei hij. 'Morgen kom ik langs om het zwembadonderhoud te doen. Als je iets nodig hebt, dan bel je maar.'

'Wat een lieve man', zei Ciska toen hij verdwenen was. 'Volgens mij had hij heel veel sympathie voor je ouders.'

'En andersom. Ze kenden elkaar al meer dan dertig jaar.'

Ciska hield haar hoofd schuin. 'Vind je het moeilijk om hier te zijn?'

Anna dacht na over die vraag. Uiteindelijk zei ze: 'Ik realiseer me nu pas dat ik er misschien toch wel tegen op heb gezien om hiernaartoe te gaan. Maar nu ik hier ben, vind ik het echt fijn. Deze plek is zo verbonden met mijn ouders, er is geen betere plaats om naartoe te gaan.' Ze dacht even na. 'Bovendien is het sowieso geen straf om hier te zijn. Het is zo'n heerlijk eiland.'

Ciska liet haar blik over het terras en de tuin gaan. 'Wat moet het als kind heerlijk zijn geweest om hier de vakanties door te brengen. Toch net even iets anders dan met je moeder in een oude Volkswagenbus naar Frankrijk.' Ze trok een gezicht. 'Sorry, dat klonk veel zuurder dan ik het bedoelde.'

Anna schudde haar hoofd. 'Daar hoef je geen sorry voor te zeggen.' Ze nam een slok uit het flesje water dat ze op het vliegveld had gekocht. Soms vergat ze weleens hoe bevoorrecht haar jeugd was geweest. Zo anders dan bij Ciska, die opgroeide met een alleenstaande moeder die altijd geldproblemen had. Anna wist dat de vakanties die haar vriendin net noemde, hooguit vier of vijf keer hadden plaatsgevonden. De rest van de jaren was er geen geld voor geweest.

'Ik moet tegenover jou ook niet over mijn moeder klagen', zei Ciska met een zucht. 'De realiteit is dat ik tenminste nog een moeder heb.'

Anna tuitte haar lippen. 'Als je zo gaat beginnen kun je alles wel wegredeneren.'

Ciska haalde haar schouders op, maar gaf geen antwoord.

'Hoe gaat het nu?' vroeg Anna.

‘Tja.’ Ciska nam een grote slok wijn. ‘De laatste vier keer dat ik haar belde was er geen touw aan vast te knopen, dus ik vermoed dat ze weer te veel drinkt. Het schijnt dat ze samenwoont met een of andere vriend, maar daar vraag ik niet te veel naar. Ik wil het ook niet weten.’

Anna blikte opzij. Ciska’s blik was een vreemde mengeling van hardheid en iets triests. ‘Is het nu erger dan vroeger?’

Haar vriendin fronste. ‘Dat vraag ik me ook vaak af, maar eerlijk gezegd vind ik het moeilijk daar antwoord op te geven. Ik denk dat ze zeker meer drinkt dan toen, maar de afstand die ik nu heb, maakt het ook zichtbaarder. Als je kleiner bent, denk je dat alles wat je ouders doen de standaard is. Dat het overal zo gaat.’ Ciska haalde diep adem. ‘Pas toen ik niet meer bij haar woonde, besefte ik dat ze er een potje van heeft gemaakt. Ze had veel meer kunnen doen, harder kunnen werken, überhaupt kunnen werken. In plaats daarvan maakte ze haar uitkering op aan waar ze zelf behoefte aan had en vertelde mij dat het allemaal de schuld was van anderen. De staat, mijn vader, er was altijd wel iemand aan te wijzen.’

Ciska leek ver weg met haar gedachten. Anna gaf geen antwoord, omdat ze niet goed wist wat ze moest zeggen. Ze hadden het wel vaker over Ciska’s jeugd gehad, maar het leek of haar vriendin vandaag opener was dan anders.

‘Maar goed’, zei Ciska uiteindelijk, afronding in haar stem. ‘Gelukkig is het redelijk goed gekomen met me. Ergens heeft mijn moeder blijkbaar toch iets goed gedaan.’

‘Ergens heb jijzelf iets goed gedaan’, verbeterde Anna. Haar vriendin mocht zich dan nu bescheiden opstellen, ondertussen was ze wel een veelgevraagd illustratrice.

'Ja.' Ciska knikte. 'Over werk gesproken, ik moet een paar mails beantwoorden die eigenlijk niet kunnen wachten.' Ze keek Anna spijtig aan. 'Sorry, ik hoop niet...'

'Nee joh, ga je gang. Misschien kunnen we straks ergens gaan lunchen en daarna naar het strand?'

Later, toen Ciska zich met haar laptop aan de houten terrastafel had geïnstalleerd, liep Anna de tuin in, naar het zwembad. Ze daalde de treden af en opende het hekje. Het water was turquoise en aantrekkelijk en ze schopte haar slipper uit om met één voet de temperatuur te voelen. Het voelde aan de frisse kant, maar nu het al tegen de dertig graden liep, zou verkoeling straks wel welkom zijn. Zeker als ze druk aan het opruimen waren.

Aan de ene kant keek ze ernaar uit om in het huis aan de slag te gaan, aan de andere kant zag ze ertegen op. Het leeghalen van het huis in Nederland lag nog vers in haar geheugen en los van dat het een enorme klus was geweest, maakten al die spullen ook veel bij haar los. Gelukkig hoefden ze dit huis alleen maar op te ruimen. De triestheid van de ontmanteling bleef haar hier bespaard.

Ze sloot het hekje van het zwembad achter zich en liep verder over het tuinpad. De witte muur die het terras gedeeltelijk afschermde, onttrok haar nu aan Ciska's zicht. Ze keek naar de bloementuin, op de plek waar vroeger het zwembad was geweest. Het was altijd een vreemde plaats geweest voor een zwembad, maar het lag er al toen haar ouders het huis kochten. Haar vader had er een hekje omheen laten plaatsen, maar toen Anna, Vincent en Yara alle drie een zwemdiploma hadden, had niemand zich er nog om bekommerd of het open of dicht was. Het had ook niet uitgemaakt, die dag. Yara was negen. Ze kon het zelf openmaken en misschien had ze dat ook wel gedaan.

Een bronzen beeld van een vlinder vormde nu de blikvanger in het stuk tuin, dat precies de grootte van het vroegere zwembad had. Eromheen bloeiden de bloemen welig. Anna keek naar de vlinder en kneep haar ogen samen. De gegraveerde tekst op het plaatje eronder kon ze niet lezen, maar dat was ook niet nodig. Ze wist precies wat er stond. *In liefdevolle herinnering...* En dan de naam van haar zusje. Geen data, want dàt stond altijd zo triest, had haar moeder gezegd. Alsof het een grafsteen was.

Vanaf waar ze stond had ze een mooi uitzicht over de omgeving. Tientallen meters verderop, waar de tuin wat meer struikachtig werd, stond een lage, witte muur, die de grens tussen het perceel van haar ouders en dat van de buren markeerde. Verder naar links bevond zich nog altijd de cipressenhaag. Daarachter begon het land van de buren. Anna liep erheen en zag dat er nog steeds een grote kudde paarden in het weiland stond. In de verte zag ze het huis van de buren en de stallen. De grootgrondbezitter, noemde haar vader de buurman weleens gekscherend. Het klopte wel.

'An!' Ciska's stem kwam van ver. Anna draaide zich om, maar de cipressen belemmerden haar zicht. Snel liep ze om, terwijl het stugge gras tegen haar voeten prikte.

'Wat is er?'

Ciska's gezicht verscheen grijnzend boven de muur die de terrasafscheiding vormde. Ze hield haar bikini omhoog. 'Genoeg gewerkt. Zullen we gaan?'

Snel liep Anna terug naar het huis en dook in haar koffer om haar zwemkleding tevoorschijn te halen. Ze verwisselde haar outfit voor haar bikini en een strandjurkje en daarna stapten ze in de auto. 'Eerst lunch', zei Anna. 'Ik rammel inmiddels.'

'Wat is het toch een prachtig eiland', zei Ciska genietend, toen ze de poort uit reden en uitzicht hadden op de groene heuvels. Hier en daar bevonden zich witte stippen tegen de hellingen: de villa's van de rich and famous, beschut gebouwd in de heuvels, met een weergaloos uitzicht over het eiland en de zee.

'Ik ben een keer bij zo'n huis geweest', vertelde Anna, toen die herinnering haar te binnen schoot. 'Waar het was weet ik niet meer precies, maar het was in elk geval in de heuvels. Om er te komen moesten we allerlei bochtige weggetjes nemen.'

'Wat deed je daar?'

'Ik had een vakantieflirt met een jongen die assistentmanager was van een of andere bekende dj die in de zomer in de clubs kwam draaien. Zijn naam weet ik niet eens meer, maar destijds was hij heel succesvol. Die jongen met wie ik wat had, moest iets brengen en ik mocht mee. Mee naar binnen was geen optie, maar alleen al buiten was het zo mooi. Die infinity pool vergeet ik nooit meer.' Ze grinnikte. 'Naïef als ik was realiseerde ik me pas veel later wat er in dat plastic tasje zat, dat hij moest afgeven.'

'Drugs?'

'Ja. Die dj is later volgens mij ook nog eens aangehouden met een enorme hoeveelheid pillen. Kom, hoe heet hij ook alweer?' Ze pijnigde haar hersenen, maar kon zich de naam niet herinneren. 'Die vakantieliefde duurde trouwens niet lang. Na een avond uit zag ik hem zoenen met een man en besloot ik dat het over was.'

Ciska schoot in de lach. 'Dat meen je.'

'Ach.' Anna haalde haar schouders op. 'Op Ibiza gebeuren wel gekkere dingen.'

Ze nam de weg richting Sant Antoni. Het kostte wat moeite om de auto kwijt te raken, maar uiteindelijk propte Anna de BMW tussen twee bestelbusjes, de wielen half op de stoep. Ze vonden een tafeltje op het terras bij Golden Buddha en bestelden tapas en een fles water bij wijze van lunch. Het terras bood een mooi uitzicht over zee en Anna keek genietend naar het donkerblauwe water. Het was bijna windstil en de zee zag eruit als een groot zwembad. 'Ik heb zo'n zin om te zwemmen straks', zei ze.

'Anders ik wel.' Ciska's blik viel op twee Spaanse mannen die voorbijliepen. Hun shirts spanden om hun armen en strakke buik en Ciska grinnikte. 'En niet alleen om te zwemmen. Het is te lang geleden dat we een hele nacht hebben gedanst.'

'Daarvoor ben je hier toevallig op de juiste plek', zei Anna. 'Om maar eens een understatement te gebruiken.'

'Zullen we vanavond gaan? Of valt er op dinsdag niet zoveel te beleven?'

'In het hoogseizoen valt er elke avond van alles te beleven. Maar laten we morgen gaan, want ik ben nu al moe en het begint pas vanaf middernacht leuk te worden.'

Ciska vond het prima en wierp nog een blik op de twee mannen, die een paar tafels verderop hadden plaatsgenomen. Daarna keek ze Anna aan. 'Het is niet alleen te lang geleden dat we hebben gedanst, als je het mij vraagt.'

Anna grinnikte. 'Doe wat je wil, als je maar niet dolverliefd wordt op een of andere Spanjaard. Daar is de partyscene hier op Ibiza net even wat minder geschikt voor.'

‘Ik ben helemaal niet van plan om verliefd te worden.’ Ciska keek nog één keer om en richtte haar blik daarna weer op Anna. ‘Juist niet.’

Anna lachte, terwijl ze bedacht dat het al twee jaar geleden was dat Ciska voor het laatst een relatie had gehad die langer dan twee weken duurde. Op zoek was ze niet en een kinderwens had ze al helemaal niet. In plaats daarvan vermaakte ze zich met de ene man na de andere en dat zou hier op Ibiza waarschijnlijk niet anders zijn.

De ober bracht de drankjes en kwam niet lang daarna terug met de tapas. Ze lunchten en liepen terug naar de auto om naar het strandje te rijden. Toen Anna de weg richting de kleine baai nam, werd ze even overvallen door een gevoel van heimwee naar de tijd dat ze hier met haar ouders kwam.

De weg was smal en voerde door een stuk bos, om uiteindelijk op een onverharde parkeerplaats uit te komen. Het liep tegen vieren en gelukkig waren er al wat strandgasten vertrokken.

‘Tegenwoordig is het vanaf ’s ochtends vroeg al bijna niet te doen om hier te parkeren’, zei Anna. ‘Je merkt sowieso dat het de laatste jaren steeds drukker wordt, zeker bij de populaire strandjes.’

Ze zetten de auto weg en liepen naar beneden, richting de baai. Even bleef Anna staan en liet haar blik over het strandje gaan. Het zand glansde goudgeel in de zon. Her en der speelden kinderen met een bal of met het zand en er lagen wat stelletjes te zonnen.

Ze kozen voor een plekje niet ver van het water en Anna spreidde twee badhanddoeken uit. Onderweg hadden ze wat flesjes water gekocht. Anna nam een slok en trok daarna haar jurkje uit. 'Eerst even zwemmen', zei ze, waarna ze naar het water liep.

Kabbelend liepen de kleine golfjes het strand op. Het water voelde aangenaam warm aan haar voeten en Anna liep in één moeite door. Hoe verder ze kwam hoe frisser het werd, maar dat deerde haar niet. Toen het diep genoeg was liet ze zich vallen en met haar ogen dicht zwom ze een paar slagen onder water. Toen ze weer bovenkwam, smaakten haar lippen naar zout. 'Het is heerlijk!' riep ze naar Ciska, die achter haar aan was gelopen en zich nu ook in het water liet vallen. Opnieuw dook Anna onder water. Daarna veegde ze het water van haar gezicht en knipperde het zout weg.

'Nu ga ik zonnen', zei ze en liep naar de handdoeken. Net toen ze was gaan liggen, maakte haar telefoon een ping-geluid. Ze wierp een blik op het schermpje en zag dat het appje van Pieter kwam. *Ben je er al?*

Even liet ze haar vingers boven het toetsenbord zweven, toen typte ze snel terug dat ze een goede vlucht hadden gehad en nu op het strand waren. Ze had afgesproken dat ze iedere avond met Sem zou facetimen en vroeg aan Pieter hoe laat ze zou bellen, maar hij kwam niet meteen online. Ze legde haar telefoon aan de kant.

'Wanneer vertrekt hij?' vroeg Ciska.

'Morgenochtend. Sem heeft er zoveel zin in om naar het huisje van opa en oma te gaan.' Ze glimlachte. 'Het ligt midden in de duinen. Pieter heeft zelfs via Marktplaats een tweedehands skelter gekocht van iemand op het eiland. Dan kan Sem lekker door de duinen scheuren.'

'Wat lief van hem.'

'Hij heeft beloofd me veel filmpjes te sturen, al vind ik het natuurlijk doodeng als het te hard gaat.'

Ciska grinnikte. 'Misschien moet je niet alles willen weten.' Daarna keek ze Anna aan met een onderzoekende blik. 'Het gaat de laatste tijd echt goed tussen jou en Pieter, hè.'

'Ja, dat vind ik ook. We hebben onze draai als co-ouders echt gevonden.' Ze knipperde even. 'Dat mag ook wel na vijf jaar.'

'Als co-ouders waren jullie er toch al snel uit? Ik kan me niet herinneren dat jullie gedoe hebben gehad om de regeling.'

Anna schudde haar hoofd. 'Daar waren we ook wel snel uit, maar het was de eerste jaren niet altijd makkelijk. Er waren toch meer hard feelings dan ik dacht, zowel bij hem als bij mij.' Ze dacht even na. 'Maar goed, dat hoef ik je niet te vertellen, want ik geloof dat ik jou nogal vaak heb gebruikt om tegenaan te klagen.'

'Daar mag je me altijd voor gebruiken', zei Ciska lachend. Toen ging haar telefoon en rommelde ze in haar tas om het toestel te vinden. Ze keek wie het was en trok een gezicht. 'Werk. Momentje.'

Terwijl Ciska het telefoontje afhandelde, dacht Anna aan de opmerking van haar vriendin. Het ging de laatste tijd inderdaad goed tussen haar en Pieter. Twee maanden geleden, op Sems achtste verjaardag die ze samen bij Pieter hadden gevierd, had haar schoonmoeder geroepen dat ze niet meer begreep waarom Anna en Pieter eigenlijk uit elkaar waren: ze konden zo goed met elkaar opschieten, ondernamen regelmatig dingen samen met Sem en hadden allebei in vijf jaar tijd nooit een andere, serieuze relatie gehad. Anna vond de opmerking weinig subtiel, maar subtiliteit was dan ook een eigenschap die ze haar schoonmoeder niet kon toedichten. En over die relatie had ze gelijk. Drie keer had Anna iemand leuk genoeg gevonden, maar niet één van de mannen had ze aan Sem voorgesteld. De eerste bleek er vanaf dag één van hun relatie iemand naast te hebben gehad. Toen Anna daarachter kwam en haar vriend ermee confronteerde, reageerde hij met schouderophalen en de raadselachtige verklaring 'maar dat was via Tinder'. Anna had hem niet gevraagd waarom dat zou uitmaken, maar had hem in plaats daarvan resoluut de deur gewezen. De tweede man die ze echt leuk vond, volgde een halfjaar later. In het begin was het fijn en gezellig en kon ze geen genoeg van hem krijgen, op alle fronten. Tot hij na een paar weken zonder overleg zijn huur opzegde en bleek te verwachten dat hij wel bij Anna kon intrekken. Toen had Anna hem net zo snel weer op straat gezet en gezworen dat ze niet meer aan een relatie zou beginnen. Wat ze exact een jaar had volgehouden, tot Sems voetbalcoach, een gescheiden vader van een zoon van vier, duidelijk liet merken dat hij haar leuk vond. Hij was aantrekkelijk, geestig en charmant en ze was een paar keer met hem uit geweest, maar uiteindelijk had ze besloten dat hij het ook niet was. Ze moest zich richten op zichzelf, op Sem en op het leven dat ze samen aan het opbouwen waren. Misschien zou een relatie dan later wel weer komen. De coach had dat niet echt begrepen en Anna was blij dat na een aantal ongemakkelijke weken van iets te veel trainingen en wedstrijden en de bijbehorende stroef uitgewisselde beleefdheden de man een ander team onder zijn hoede kreeg. Sem had nooit iets geweten en dat was maar beter ook.

'Mam', had Pieters zus haar moeder bestraffend toegesproken op die verjaardag. 'Zulke dingen moet je niet zeggen. Mensen gaan niet voor niks uit elkaar.'

En ook dat was waar, wist Anna. Al was er voor hun breuk niet één specifieke reden aan te wijzen, maar wanneer was dat wel zo? Ze waren jong, dat speelde zeker mee. Anna vijfentwintig, Pieter een jaar ouder. Ze kenden elkaar pas een jaar toen Anna zwanger bleek te zijn. Ongepland, maar zeker niet ongewenst. Anna had altijd geweten dat ze kinderen wilde en dat gold voor Pieter ook. Natuurlijk had ze liever een paar jaar willen wachten. Ze was net klaar met haar marketingopleiding en was graag een paar jaar vol voor haar carrière gegaan, maar het leven liep nu eenmaal niet altijd zoals je het plande. Met haar vijfentwintig jaar had ze die wijsheid gedeeld met iedereen die het wilde horen, maar pas later had ze echt ontdekt hoe waar dat was. Want het leven was niet gelopen zoals ze het had gepland. Ze had Sem niet in een gebroken gezin willen laten opgroeien. Ze had hem gegund dat hij, net als zijzelf, groot kon worden in een warm en veilig nest, met ouders die zelfs na al die jaren blij waren met elkaar en zelden ruziemaakten.

Inmiddels had ze geleerd dat een warm en veilig nest vele vormen kon hebben. En ook dat twee ouders die bij elkaar waren, niet altijd betekende dat het nest automatisch warm en veilig was. Voor Pieter en haar had dat in elk geval niet gegolden. De komst van Sem had een aardverschuiving teweeggebracht in hun relatie en achteraf gezien moest Anna toegeven dat zij en Pieter allebei hadden onderschat wat het betekende om een kind te krijgen. Ze waren er gewoon niet klaar voor geweest. Niet met elkaar, althans. En daardoor waren ze steeds meer tegenover elkaar komen te staan in plaats van naast elkaar, tot de irritaties de overhand hadden genomen en ze alleen nog maar boos tegen elkaar konden doen. Anderhalf jaar lang hadden ze doorgemodderd, tot Pieter uiteindelijk de beslissing had genomen om weg te gaan. Anna had niet geprobeerd hem op andere gedachten te brengen.

De eerste tijd was het niet makkelijk geweest. Anna begreep nu hoe makkelijk vechtscheidingen ontstonden. Het was te danken aan de goede mediator dat ze uiteindelijk tot de goede regeling voor Sem waren gekomen en elkaar hadden teruggevonden. Niet als geliefden maar wel als ouders. Langzaamaan was Anna ook weer gaan begrijpen waarom ze Pieter ooit leuk had gevonden en ze was blij dat ze nu volmondig kon zeggen dat ze een goede vriendschap hadden. Sem had dan misschien niet één nest, de warmte en veiligheid die Anna hem zo graag wilde bieden, waren er in elk geval wel.

'Rood?' klonk het hard uit Ciska's mond. 'Rood en roze bij elkaar? Sorry, maar dat is...'

Anna keek naar Ciska, die nu druk in discussie was met een opdrachtgever. Haar vriendin had rode wangen en gebaarde woest met haar hand terwijl ze praatte. Anna wist dat het om een reclameopdracht ging. 'Huuropdrachten' noemde Ciska die altijd: bedoeld om haar vaste lasten van te betalen, niet om haar creatieve geest te kunnen uiten. De klant was in principe koning, maar dat betekende niet dat Ciska eindeloos concessies wilde doen aan haar ontwerpen. Iets wat ze haar opdrachtgever nu in niet mis te verstane bewoordingen duidelijk maakte.

Anna grinnikte om Ciska's wilde handgebaren en stond

daarna op om nog een duik in zee te nemen. Het mocht dan laat in de middag zijn, de zon was nog steeds behoorlijk warm. Het water spoelde koel om haar voeten en ze keek uit over de baai. In de verte voeren een paar zeilboten voorbij.

Anna keek nog een keer naar Ciska, maar die was nog niet klaar met bellen. Even kwam de gedachte in Anna op dat ze geluk had gehad. Dat haar eigen carrière door de komst van Sem niet was verlopen zoals ze had bedacht, had uiteindelijk alleen maar voordelen gehad. De loopbaan in de marketing die ze voor zichzelf had voorzien, had toch niet bij haar gepast. Ze had een tijdlang vier dagen per week gewerkt op de marketingafdeling van een supermarktketen. Na acht maanden had ze die baan opgezegd en gezworen nooit meer iets soortgelijks te gaan doen. Dat was het moment dat ze besloot van haar hobby haar beroep te maken. Ook al koos ze daarmee voor een onzeker bestaan als sieradenontwerper, toch had haar vader haar het geld willen lenen dat nodig was om te beginnen. Vluchtig bedacht ze hoe ironisch het was dat ze de tienduizend euro net bij hem had afgelost, toen ze het als erfenis weer terugkreeg. En dat terwijl ze het juist had willen aflossen en niet als schenking had willen ontvangen, zoals hij eerder had voorgesteld. Ze wilde haar merk – dat ze simpelweg 'Anna' had genoemd – zelf opbouwen en niet met het gevoel blijven zitten dat ze het alleen maar had kunnen doen omdat haar vader toevallig geld had. Hij had het niet begrepen toen ze dat zei, dat had ze in haar vaders blik wel gelezen, maar hij had geknikt en gezegd dat hij trots op haar was. Nu, meer dan vier jaar later, moest Anna nog steeds slikken als ze aan dat moment dacht. Het zei alles over haar vader.

Ciska was klaar met bellen en dook nu woest het water in. Ze ging kopje-onder en streek haar halflange blonde haar uit haar gezicht toen ze naast Anna weer bovenkwam. 'Zo, even afkoelen.'

Anna grinnikte. 'Dat was een verhit gesprek.'

'Zeg dat wel.' Ciska rolde met haar ogen. 'Met deze klus verkoop ik mijn ziel al een beetje aan de duivel, maar er zijn grenzen.'

'Wat is het voor klus?'

'Een kledingmerk dat mijn illustraties wil gebruiken in de nieuwe marketingcampagne. Hartstikke leuk, maar de opdrachtgever weet helaas beter dan ik hoe je een tekening maakt.' Het cynisme droop van haar stem. 'De ogen moeten kleiner, de voeten groter, de kleuren de ene keer minder fel en dan ineens weer feller – ik word gek van dat mens.'

'Snel afmaken en door met de volgende klus', zei Anna. 'Al die negatieve energie, daar heb je niks aan.'

Ciska streek een natte haarlok uit haar gezicht. 'Daar heb je wel gelijk in, maar zo makkelijk is dat niet.'

Anna knikte en was blij dat ze zelf niet in opdracht werkte. Ze ontwierp haar sieraden precies zoals ze die zelf mooi vond en gelukkig had ze een groeiend aantal verkooppunten en liepen de bestellingen via haar webshop ook steeds beter. Concessies aan haar ontwerpen hoefde ze niet te doen.

'Zullen we wat drinken?' vroeg Anna met een blik op hun handdoeken en het water. Ciska knikte en even later lagen ze naast elkaar op de handdoeken. Anna steunde op haar ellebogen en keek uit over de baai, nu zacht verlicht door de late zonnestralen. Hoewel ze een waterflesje en geen wijnglas in haar hand had, hief Anna haar drankje richting haar vriendin. 'Op een fijne tijd hier', zei ze.

'Proost', zei Ciska, terwijl ze met haar eigen flesje tegen dat van Anna tikte. 'Op Ibiza.'

# Hoofdstuk 4

'En dit?' Ciska hield een stuk stevig papier omhoog, waar in kriebelige letters iets op geschreven stond. 'Wil je dit bewaren?'

Anna herkende het handschrift van haar vader. Ze pakte het papier aan, bekeek het vluchtig en schudde haar hoofd. 'Dit kan wel weg.'

Ze gooide het in de doos met oud papier die al voor de helft was gevuld. Het was al de tweede doos. Het dressoir in de woonkamer bleek een schat aan onbelangrijke papieren, oude tijdschriften en folders te bevatten.

Ciska zat op haar knieën en hield haar hoofd voor het onderste kastje. 'Deze is leeg.'

'Mooi.' Anna kwam overeind. 'Ik ga boven aan de slag.'

Ciska ging beneden verder en de loungemuziek die ze daarbij had opgezet, drong zacht door tot de bovenverdieping.

In de deuropening van de slaapkamer van haar ouders bleef Anna even staan. Het voelde nog vreemd om het huis te zien als verhuurobject, maar dit zou straks als de 'ruime ouderslaapkamer' worden aangeprezen. Het was maar goed dat haar ouders de bovenverdieping een paar jaar geleden hadden laten opknappen. De muren waren wit gestuct, op de grond lagen lichte plavuizen en het oude bed was vervangen door een boxspring, die zoals altijd was opgemaakt met een witte sprei. Aan de muur boven het bed hing een kleurrijk schilderij dat haar ouders hadden gekocht op Las Dalias, de hippiemarkt waar Anna ondanks het hoge kitsch-gehalte altijd graag kwam als ze op het eiland was.

Aan weerszijden van het bed stonden nachtkastjes. Anna trok de laatjes open, maar die waren vrijwel leeg. Dat gold niet voor de laden van het kleine dressoir aan de andere kant van de kamer. Anna trok de bovenste lade open. Er lag een doosje in met wat sieraden van haar moeder, nooit opgeruimd door haar vader. Lange kettingen en wat armbanden, zelfgemaakt of gekocht op de markt. Anna liet ze door haar handen gaan en schoof een paar armbandjes om haar pols. De kraaltjes tikten tegen elkaar.

Ze pakte de doos die ze van beneden had meegenomen en legde het sieradendoosje erin. Als Vincent hier was zou hij het vast hebben weggegooid en objectief gezien hadden de sieraden ook geen waarde. Maar toch kon Anna het niet over haar hart verkrijgen ze gewoon in de vuilnisbak te gooien. Misschien later. En de garage die ze als opslag wilden gebruiken voor tijdens de verhuur, was toch groot genoeg.

Er lagen nog wat losse spullen in het laatje, die ze wel in een vuilniszak stopte. Daarna ging ze verder met het volgende, waarin voornamelijk boeken bleken te liggen. In het derde laatje vond ze een zwart, in leer gebonden boekje, duidelijk vaak gebruikt. Ze haalde het eruit en sloeg het open. Toen het gezicht van haar zusje haar toelachte, fronste ze even. Het boekje zag eruit alsof er veel doorheen was gebladerd, maar Anna had het nog nooit gezien. Er kwam een beeld in haar op van haar moeder die elke avond foto's van haar overleden dochtertje keek, en meteen zat er een brok in Anna's keel.

Ze slikte een paar keer en ging met het boekje op de rand van het bed zitten. Ondanks de koelte van de zacht brommende airconditioning voelde ze het zweet op haar rug prikken. Ze bladerde door het fotoboekje en zag foto's van Yara als baby, als peuter. Sommige beelden had ze niet eerder gezien.

De laatste foto's in het boekje waren van die ene zomer. Anna hield haar hoofd schuin en staarde er een tijdje naar. Haar blik bleef hangen op de allerlaatste foto. Yara droeg een gestreept jurkje en teenslippers. Haar haar zat in een staart en ze lachte breed naar de camera. Op de plek waar haar hoektand hoorde zat een gat, omdat die tand net ervoor eruit was gegaan. Anna herinnerde zich dat die er een paar dagen voor haar dood uit was gegaan, tijdens het eten. Om Yara's nek hing een kettinkje met een hangertje in de vorm van een paard.

Anna sloeg het boekje dicht en legde het bij de spullen die ze wilde meenemen naar Nederland. Het was alsof ze het aan haar moeder verplicht was het boekje niet te laten verstoffen in een doos, laat staan dat ze het wilde weggooien.

Vlot ruimde ze de rest van het kastje uit en daarna wierp

ze een blik in de kledingkast. Er lagen wat poloshirts en broeken van haar vader, die ze in een vuilniszak stopte. Daarna knoopte ze die dicht en liep een paar keer op en neer naar beneden om alles weg te brengen.

'Genoeg opgeruimd voor vandaag', zei ze, toen ze de spullen naar de opslag in de garage had gebracht. 'Zullen we wat drinken?'

Ciska knikte. Anna trok de koelkast open en pakte er een fles rosé uit. 'Wijntje?' vroeg ze. Haar vraag was overbodig, Ciska was al bezig twee glazen uit de kast te pakken.

Ze installeerden zich op de ligbedden in de zon en proostten zonder dat hun glazen elkaar raakten. Geen van beiden zei iets. Anna staarde voor zich uit, naar de tuin en de heuvels die zich loom en groen uitstrekten in de zon.

'Ik heb kaartjes voor de Pacha vanavond', zei Anna. 'Vanmiddag via internet besteld.'

'Top', zei Ciska. Ze wilde nog iets zeggen, maar Anna hoorde de bel en stond op om open te doen. Al had ze pas een half glas gedronken, ze voelde de alcohol in haar benen toen ze opstond. Even werd ze licht in haar hoofd en ze knipperde tegen het zonlicht. Toen hervond ze haar evenwicht en liep naar binnen.

Ze kende de man voor de deur niet. 'Hola', zei ze, met iets vragends in het woord.

Hij antwoordde in het Spaans. 'Hola. Jij moet Anna zijn.'

'Si.'

'Mijn naam is Julian Bossa, ik ben een kennis van je ouders. Ik was in de buurt en ik wilde je laten weten hoe triest ik het vind van je vader.' Hij keek Anna aan. 'Het was zo'n lieve man, ik mocht hem graag.'

'Dank u wel', zei Anna. 'Wat aardig van u.' Ze deed de deur verder open. 'Heeft u tijd om binnen te komen?'

'Nee, nee.' De man stak afwerend zijn hand op. 'Ik wil je niet tot last zijn.'

Anna glimlachte. 'Kennissen van mijn vader zijn me nooit tot last. Kom verder, mijn vriendin en ik zaten net iets te drinken buiten.'

De man knikte en volgde haar naar binnen en daarna het terras op. Anna stelde hem en Ciska aan elkaar voor en liep daarna terug naar de keuken om een glas wijn voor hem in te schenken.

'Hoe gaat het nu?' vroeg Julian, nadat ze met elkaar hadden geproost zonder daarbij een duidelijk doel uit te spreken.

Anna knikte. 'Het gaat goed. Natuurlijk mis ik mijn vader, maar eerlijk gezegd was hij er al een tijdje niet meer.' Ze vertelde aan Julian hoe de laatste maanden en eigenlijk jaren van haar vader eruit hadden gezien. Hij knikte een paar keer en schraapte zijn keel om iets te zeggen, maar deed dat uiteindelijk niet.

'Hoe kende u mijn vader?' vroeg Anna toen.

'Ik eh...' De man kneep zijn lippen samen en aarzelde even. 'Ik heb je ouders leren kennen doordat ik betrokken was bij het politieonderzoek naar de dood van je zusje.'

'Werkelijk?' Anna keek verwonderd. Ze wist helemaal niet dat haar vader zo lang contact had gehouden met de politie.

'We spraken elkaar niet veel, hoor', zei de man, toen Anna dat laatste hardop zei. 'Maar als je ouders op het eiland waren, gingen je vader en ik weleens iets drinken samen. Dat was zo gegroeid na Yara's dood en ik mocht je vader graag.' Hij staarde even voor zich uit en dacht na. 'Ik moet zeggen dat ik altijd wel een speciale band met hem voelde. Het onderzoek naar Yara's dood was een van de eerste onderzoeken waar ik als rechercheur aan meewerkte. Ik was toen al jaren agent, maar was nieuw bij de recherche. Het is ook een van de zaken die me het meest zijn bijgebleven.'

Anna hield haar hoofd schuin en vroeg waarom dat zo was.

'Zo'n jong meisje, zo'n trieste zaak.' De man schudde zijn hoofd. 'Dat hartfalen had natuurlijk niemand kunnen voorzien. Het was een ongelukkige samenloop van omstandigheden, maar wel met gruwelijke uitkomst.'

'Dat zeker', zei Anna, terwijl het woord 'hartfalen' in haar hoofd bleef zitten. Ergens verbaasde het haar dat de politieman dit woord gebruikte, terwijl Yara was verdronken. Natuurlijk had haar hart het opgegeven, maar dat was het gevolg van de verdrinking. Aan de andere kant, misschien was de officiële doodsoorzaak dan misschien inderdaad wel hartfalen. Uiteindelijk was dat wel waaraan Yara was overleden. Anna had het met haar ouders nooit inhoudelijk over het politierapport gehad. Het deed er misschien ook niet echt toe, aan de uitkomst veranderde het toch niets.

'Tja, Yara...' zei ze. 'Mijn moeder onderhield de bloementuin altijd zo goed. Na haar dood heeft mijn vader Roberto opgedragen ervoor te zorgen dat er nooit onkruid in komt te staan. Dat waren we aan mijn moeder verplicht.'

Julian wierp een blik in de richting van de plek, die vanaf het terras niet te zien was. 'Het is een prachtige gedenkplek.'

Ciska mengde zich in het gesprek. 'Hoe is het eigenlijk gebeurd?' vroeg ze in het Engels aan Anna, zodat Julian het ook kon verstaan. Anna realiseerde zich nu pas dat ze haar vriendin nooit expliciet had verteld hoe het allemaal was gegaan.

Ze verschoof op haar stoel en pakte haar wijnglas zonder eruit te drinken. 'Yara was die dag bij de paarden van de buren gaan kijken aan de rand van onze tuin.' Ze wees naar de cipressenhaag. 'Ze mocht van mijn ouders niet zomaar op het terrein van de buren komen, maar hun weiland grenst aan onze tuin. Ze vond het leuk om die beesten te aaien en vaak bleef ze lang weg. Het was dan ook niet vreemd dat ze na anderhalf uur nog niet terug was.' Ze slikte. 'Alleen is ze om een of andere reden bij het zwembad terechtgekomen en erin gevallen. Ook al kon ze zwemmen, ze is onder water geraakt en kon er zelf niet meer uit komen.' Ze wees in de richting van de bloementuin. 'Het zwembad was destijds daar en vanaf het terras was het niet zichtbaar.'

Ciska fronste. 'Ze was negen jaar toch?'

'Ja, net geworden. Ze had haar zwemdiploma al twee jaar.'

Ciska knipperde een paar keer. 'En het is niet duidelijk geworden waarom ze niet uit het water kon komen?'

Anna schudde haar hoofd. 'Ik heb later wel begrepen dat het vaker gebeurt dan je denkt: kinderen met een zwemdiploma die toch verdrinken. Bijvoorbeeld doordat ze moe worden of water binnenkrijgen.'

'Ik heb weleens gehoord dat kinderen in tien centimeter water al kunnen verdrinken', zei Ciska.

Anna knikte. Ze merkte dat de politieman het gesprek

in het Engels maar moeizaam kon volgen en vertaalde die laatste woorden voor hem. 'O zeker', zei hij toen. 'Water is gevaarlijker dan veel mensen zich realiseren. De laatste jaren is het aantal verdrinkingen gelukkig wel dalende. Veel zwembaden hebben hekjes en de tijd dat feestgangers na een wilde nacht dachten dat het een goed idee was om af te koelen in een baaitje is ook wel voorbij.' Hij schudde zijn hoofd. 'Wat dat betreft lijkt het alsof mensen beter zijn gaan nadenken.'

Anna keek hem aan. 'Werkt u nog steeds bij de politie?'

'Nee.' Hij schudde zijn hoofd. 'Ik ben twee jaar geleden met pensioen gegaan. Ik hield erg van mijn werk, maar ik was zeventig geworden en mijn vrouw vond het ook weleens leuk als ik thuis was.' Hij nam de laatste slok van zijn wijn en stond op. 'Ik ga er maar weer eens vandoor.'

Anna liep met hem mee naar de deur. 'Ik waardeer het dat u bent langsgekomen', zei ze. 'Het is fijn om te praten met mensen die mijn ouders hebben gekend.'

De man glimlachte en bedacht toen opeens iets. Hij haalde een papiertje uit zijn zak en krabbelde er iets op. 'Als ik iets voor je kan doen, aarzel dan niet om me te bellen.' Hij omhelsde Anna kort. 'Ik zal je vader missen.'

Anna bleef in de deuropening staan terwijl hij in zijn auto stapte en de oprit afreed. Ze bleef nog even staan, terwijl hij al uit het zicht was verdwenen. Aan de overkant van de weg graasden paarden in het weiland. Terwijl ze naar de dieren staarde, dacht ze aan haar zusje.

Anna nam een ferme slok van haar drankje. 'Dit is echt goed.'

Ciska knikte en zette haar glas op tafel. 'De beste mojito

die ik in tijden heb gedronken.' Ze grinnikte. 'Ik voel me meteen beter.'

'Gelukkig maar.' Anna lachte ook. 'Je zag er behoorlijk beroerd uit.'

'Maar die taxichauffeur nam de bochten ook echt als een gek.'

'Welkom in Spanje. Al moet ik zijn telefoonnummer misschien dan toch maar weggooien.'

Ciska knikte. 'Graag, dan zoeken we er vannacht eentje die de rem wel weet te vinden.'

Anna nam nog een slok. De cocktail smaakte fris en zoet tegelijk. Ze keek om zich heen op de Passeig de Vara de Rey, een van de bekendere straten van Ibiza-Stad. Ze waren op het terras van Cava neergestreken om een cocktail te drinken. Het liep tegen halfacht en het was gezellig druk op straat. Vanuit een van de restaurants klonk loungemuziek en even liet Anna zich meevoeren met de tonen. 'Ik heb zo'n zin om te gaan stappen vanavond.'

'Anders ik wel', knikte Ciska. 'Dat jurkje staat je trouwens echt geweldig.'

'Dank je.' Anna streek met haar hand over haar roze halterjurkje, dat ze in geen jaren had gedragen. Ze had het op het laatste moment in haar koffer gegooid en wist niet eens of ze het nog paste, maar toen ze het een uurtje geleden had aangetrokken, bleek het zelfs aan de ruime kant. Ze keek naar haar sandalen met hoge hakken. 'Ik hoop dat ik het de hele avond volhou op deze schoenen.'

Een uurtje later had Anna spijt dat ze voor de hakken had gekozen. Na hun cocktail waren ze een stukje langs de haven gelopen om zich te vergapen aan de luxe jachten die er schijnbaar achteloos naast elkaar lagen. De ene nog witter en glimmender dan de andere en zonder uitzondering hagelnieuw. Ook al was Anna gewend aan de jetset op het eiland die graag liet zien hoeveel geld ze hadden, het bleef fascinerend om naar de boten te kijken.

Vanuit de haven waren ze een stukje doorgelopen om uiteindelijk de trappen naar Dalt Vila, de oude stad, te beklimmen. Dat laatste voelde ze behoorlijk nu haar voeten bij elke stap in brand leken te staan.

'Dit lijkt me een mooie plek', zei ze bij het eerste terras dat ze tegenkwamen. Het zat er al aardig vol, maar aan de rand waren nog een paar tafeltjes vrij. Het duurde een tijdje voor de gestreste ober aan hun tafel opdook. Haastig noteerde hij hun bestelling en schoot weer weg. 'Drukke avond', zei Ciska terwijl ze de man grinnikend nakeek.

De haast van de ober had als voordeel dat hij hun bestelling van twee rosé binnen vijf minuten kwam brengen, vergezeld van een bakje olijven en wat andere tapas. Anna stopte meteen een olijf in haar mond. Het was uren geleden dat ze had geluncht en ze merkte dat ze trek kreeg.

Aan het tafeltje naast hen namen vier mannen plaats. Anna zag Ciska's blik afdwalen, maar daarna keek haar vriendin haar weer aan. Er lag iets goedkeurends in haar ogen en Anna grinnikte. 'Je legt het er wel erg dik bovenop.'

'We zijn hier maar een week.'

'Ja, en?'

'An, het is tijden geleden dat ik voor het laatst iets heb gehad met iemand. Een vakantieflirt is precies wat ik nodig heb. Die ene met dat baardje vind ik wel leuk.'

Anna lachte opnieuw, maar keek niet opzij.

Het duurde tot na het voorgerecht voor de mannen

gehoor gaven aan Ciska's overduidelijke blikken. Een van de mannen leunde in Anna's richting en sprak haar aan in het Engels. 'Hebben jullie misschien een vuurtje?'

Hij had een sigaret in zijn hand en op tafel lag een aansteker. Anna keek de man aan met één wenkbrauw opgetrokken. 'Nee, maar jij zo te zien wel.'

De man hield zijn aansteker omhoog. 'Leeg.'

'Wij roken niet.'

'Jammer.' De man bleef haar aankijken. Uiteindelijk wendde Anna haar blik af.

'Zijn jullie hier op vakantie?' vroeg de man, die meer uit was op een praatje dan op een vuurtje. Anna keek wat beter naar zijn drie tafelgenoten. Blijkbaar een groepje vrienden, ze waren allemaal van ongeveer dezelfde leeftijd. De geur van aftershave hing in de lucht en ze zagen eruit alsof ze van plan waren die avond te gaan stappen.

'Zoiets', zei ze als antwoord op zijn vraag.

'Zij heeft hier een huis', zei Ciska, haar hand op Anna's onderarm. Anna keek naar haar. Ze wilde haar vriendin verbeteren en zeggen dat haar ouders hier een huis hadden, maar toen realiseerde ze zich dat Ciska gelijk had. Die gedachte was onwennig.

'Echt waar?' De man keek Anna aan, verwondering in zijn blik. Ongetwijfeld vroeg hij zich nu af hoe iemand van haar leeftijd daaraan kwam.

'Het was van mijn ouders', zei ze maar meteen, alsof ze een verklaring schuldig was, wat natuurlijk onzin was.

'Waar is het?'

'Sant Antoni de Portmany.' Anna noemde het adres en de man knikte, het was onduidelijk of de betreffende straat hem iets zei. Waarschijnlijk niet, er stonden maar een paar huizen.

'Mooie plek, Sant Antoni. Er staan een paar geweldige villa's.'

'Die van Anna is daar een van', zei Ciska. Anna keek opnieuw naar haar vriendin met een hint in haar blik. Ze richtte haar ogen weer op de Spanjaard die het gesprek was begonnen. Hij was gespierd, knap en een tikje glad – precies Ciska's type. Ze leunde achterover en liet haar vriendin maar gewoon haar gang gaan.

Het duurde tien minuten voor de vraag viel. 'Hebben jullie al plannen voor vanavond?'

'We hebben kaartjes voor de Pacha', zei Ciska.

'Lekker tussen de toeristen', zei de man, met een blik van afkeuring op zijn gezicht.

Anna keek hem opgewekt aan. 'Wat is daar mis mee? Toeristen kunnen ook prima feesten.'

'Wat je wil. Al kunnen jullie natuurlijk ook met ons meegaan.'

Ciska zat meteen rechtop. 'Waar gaan jullie naartoe?'

'Privéfeestje.'

Voor Anna iets kon zeggen had Ciska al geantwoord: 'Klinkt goed.'

'Het is ook goed.' De man keek haar aan met een lachje. 'Jij ziet eruit als iemand die van cosmopolitans houdt.'

'Waarom denk je dat?'

'Dat weet ik.'

Anna moest haar best doen om niet al te cynisch te kijken. Het opzichtige geflirt was iets te veel naar haar smaak, maar Ciska leek het wel leuk te vinden.

'Ik ben trouwens Antonio.'

'Ciska. En dat is Anna.'

De andere drie stelden zich ook voor. Twee namen vergat Anna meteen, de derde heette Silvio en die onthield ze, omdat hij de stilste van het stel was. Hij had tot nu toe maar een paar woorden gezegd en op een of andere manier stond dat haar beter aan dan het gesjans van de man die zichzelf als Antonio had voorgesteld.

'Maar een privéfeestje dus', zei Ciska. 'Vertel.'

Het viertal bleek plannen te hebben om die avond naar een hotel net buiten Ibiza-Stad te gaan, waar een dj draaide die Anna niet kende, maar die blijkbaar op het moment nogal populair was. 'Er zijn duizend kaarten uitgegeven en niet één meer', zei Antonio. 'Wij hebben er zes.'

'Deal', zei Ciska. Ze keek Anna aan. 'Toch?'

Anna vond het prima en tegen de tijd dat ze het hoofdgerecht achter de kiezen hadden, maakten de mannen aanstalten om te vertrekken. Met z'n zessen liepen ze de oude stad uit, via de trappen naar beneden. Even later stapten Anna en Ciska achter in een witte Mercedes. Antonio reed, Silvio nam naast hem plaats. 'Dit is mijn broer', zei Antonio. 'Broertje, eigenlijk.'

'Die is leuk voor jou, An', fluisterde Ciska haar toe in het Nederlands. Anna grinnikte, maar gaf geen antwoord.

Antonio had geen woord te veel gezegd: het hotel was prachtig. Toen ze naar binnen gingen keek Anna bewonderend om zich heen. In de lounge was een kleine waterval en in de vijver zwommen grote karpers. Antonio ging hun voor naar het feest.

Ze namen plaats op de lage, witte loungebanken. De muziek was rustig en stond niet zo hard. Er kwam een ober voorbij met een dienblad vol champagne en Anna pakte het glas aan, hoewel ze niet echt van champagne hield.

Een paar mannen van het groepje waren verdwenen, maar nu hadden er weer anderen op de banken naast en tegenover hen plaatsgenomen, er waren ook een paar vrouwen bij. Sommigen stelden zich aan Anna voor, maar ze had moeite de namen te onthouden. Ciska schoof steeds dichter richting Antonio, Anna juist steeds verder bij haar vriendin vandaan. De loungemuziek maakte plaats voor iets met meer beat en ze had zin om te dansen.

Ze gebaarde naar Ciska dat ze naar de dansvloer ging en liep in de richting van de muziek. Die bleek buiten te zijn. De dj draaide op een soort grote binnenplaats, ingesloten tussen vier muren. Anna bleef even staan en keek bewonderend om zich heen. Overal waren lampen in allerlei kleuren en helemaal aan de overkant, zeker vijftig meter verderop, zag ze zelfs een zwembad.

De dansvloer was al aardig volgestroomd en terwijl de muziek steeds harder klonk, mengde ze zich tussen de deinende massa. Meteen liet ze zich meevoeren door de beats, haar lichaam bewoog haast automatisch. Even sloot ze haar ogen en toen ze ze weer opendeed zag ze Silvio. Anna keek expres de andere kant op. Ze was er eigenlijk nog niet uit of Silvio gewoon wat minder een flirt was, of domweg saai. Hij zei in elk geval erg weinig. 'Je hoeft er toch ook niet meteen mee te trouwen', had Ciska eerder die avond op het toilet nog gekscherend geroepen, maar Anna had meer zin om alleen te dansen.

Toen ze weer omkeek, was Silvio verdwenen. De dj zette een ander, iets rustiger nummer op en Anna vertraagde haar bewegingen. Weer deed ze haar ogen dicht, maar ze opende ze meteen weer toen iemand iets kouds tegen haar hand hield.

'Voor jou', zei een man, terwijl hij een cocktailglas met iets roods erin in haar hand duwde.

Anna fronste. Ze keek heen en weer tussen hem en het drankje.

In zijn eigen hand hield hij ook een glas, er zat iets doorzichtigs in. Hij hief het naar Anna en nam toen een slok. Anna aarzelde even, maar volgde zijn voorbeeld. Zonder iets te zeggen kwam de man dichterbij en danste met haar. Haar drankje gutste bijna over de rand en snel nam ze nog een slokje. Het smaakte zoet.

Na een tijdje bracht de man zijn mond vlak bij Anna's oor. 'Ik ben Emilio', zei hij in het Spaans.

'Anna.'

Meer woorden wisselden ze niet uit. Op een of andere manier was zijn glas verdwenen en nu bracht hij voorzichtig zijn handen naar haar heupen. Anna wilde een nieuwe slok nemen, maar merkte dat het drankje op was. Emilio pakte het glas uit haar hand en gaf het aan een passerende barman. Daarna dansten ze samen verder, terwijl de dj de beat weer opvoerde.

Hij kon goed dansen, dat had Anna al meteen gezien. Zoals zoveel Spaanse mannen: soepel, ritmisch. Met Pieter had ze toevallig een Nederlandse man getroffen die hetzelfde gevoel voor ritme had, maar over het algemeen was het droevig gesteld met de Hollandse man op de dansvloer, vond Anna. Emilio was nu om haar heen gedraaid en stond achter haar, zijn handen nog steeds op haar taille. Hij was niet opdringerig, zijn handen lagen daar gewoon, warm en prettig. Anna draaide zich weer om en stapte iets naar voren. Haar handen waren nu op zijn rug. Ze bewoog ze heen en weer en voelde zijn spieren. Onwillekeurig begon haar hart sneller te slaan. Ergens verklaarde ze zichzelf voor gek, ze had nog geen woord met deze man gewisseld. Maar ze drong haar eigen gedachten naar de achtergrond en liet zich maar gewoon meevoeren.

Een tijdje later zaten ze op de loungebanken in de andere ruimte. Ciska en Antonio waren verdwenen. Anna had bij de bar nieuwe drankjes gehaald en Emilio zat naast haar. Op de bank tegenover hen zat Silvio met een paar vrienden en vriendinnen. Een van de vrouwen zei iets en hij lachte. Daarna stond hij op en verdween.

'Ben je hier op vakantie?' vroeg Emilio, terwijl hij naar haar keek. Hij zat wat onderuitgezakt, ontspannen, zoals de hele sfeer op het feest was.

Anna knikte half. 'Ik moet het huis van mijn ouders opruimen.'

'O.' Emilio trok één wenkbrauw op, maar vroeg niets. Op een of andere manier had Anna het gevoel dat ze zichzelf nader moest verklaren, al drong hij niet aan.

'Ze zijn overleden. We gaan het huis in de verhuur zetten.'

'O', zei hij opnieuw. 'Wat naar voor je.'

Anna gaf geen antwoord. Ze had geen zin om erover te praten en al helemaal niet met iemand die ze net kende.

'Hadden ze het huis allang?' vroeg Emilio toch verder.

Anna knikte en gaf toch maar antwoord. 'Meer dan dertig jaar.'

'Jeetje.' Hij floot tussen zijn tanden. 'Dat is een hele tijd. Dus je komt hier al jaren?'

'Ja. Al was ik nu al een tijdje niet geweest.'

Emilio ging verzitten en keek haar onderzoekend aan.

'Vreemd dat ik je niet ken als je al dertig jaar op Ibiza komt.'

Anna trok haar wenkbrauwen op. 'Ken je iedereen dan?'

'Wel veel mensen, ook door mijn werk. Maar je komt mij niet bekend voor.'

Anna schokschouderde. 'Dat kan.' Ze zweeg even. 'Wat doe je voor werk?'

'Iets saais. Ik verkoop huizen.'

Anna grinnikte. 'Laat maar.'

'Precies. En jij?'

'Ik ontwerp sieraden.'

'Kijk, dat is een stuk beter. Heb je dit ook ontworpen?' Hij stak zijn hand uit en liet zijn vinger over het kettinkje rond haar nek glijden. Het spoor voelde warm en Anna's hartslag nam toe. Ze keek Emilio aan en zijn blik haakte in de hare. Het volgende moment was hij ineens heel dichtbij. Anna hief haar gezicht en toen zijn lippen de hare raakten, waren zijn vingers al veel verder dan alleen het kettinkje.

# Hoofdstuk 5

HET VOELDE ALSOF ER EEN TREIN DWARS DOOR HAAR hoofd reed. Een goederentrein, met een gigantische hoeveelheid wagons. Anna kreunde licht, maar het geluid maakte het alleen maar erger. Ze draaide een kwartslag zodat ze op haar rug kwam te liggen, maar toen begon de hele omgeving te golven. Snel rolde ze terug op haar zij.

Na een tijdje lukte het haar om haar ogen te openen. Licht stroomde de kamer binnen en ze kneep ze snel weer dicht, om een paar seconden later een tweede poging te wagen. Op haar nachtkastje stond een half glas water. Ze had geen idee hoe het daar terecht was gekomen, maar stak haar hand uit om een slok te nemen. Er lag ook een strip paracetamol. Misschien had ze dat er vannacht in een helder moment zelf wel neergelegd.

Het kostte wat moeite om twee tabletten weg te spoelen,

maar uiteindelijk lukte het. Het water was op, maar haar mond voelde nog steeds aan als schuurpapier. Voorzichtig ging ze rechtop zitten. Meteen begon de kamer om haar heen te draaien. Opnieuw kreunde ze, deze keer harder.

In de badkamer bekeek ze haar eigen gezicht in de spiegel. Haar huid had een vreemde, bleekgrijze kleur en haar haar hing piekerig rond haar gezicht. Ze had haar make-up niet goed verwijderd, waardoor er zwarte vegen rond haar oogleden zaten. Met een watje veegde ze die weg en daarna bond ze haar haar samen in een staart. Ze zag er niet veel beter uit.

'Ik ga nooit meer drinken.' Dat was Ciska, die de badkamer binnenkwam en er al niet veel beter uitzag. 'Ik weet niet wat we hebben gedaan, maar het voelt alsof ik in mijn eentje drie flessen tequila achterover heb geslagen.'

'Ik herinner me cocktails.'

'Dat moeten er dan minstens vijftig zijn geweest.' Ciska draaide de kraan open en liet het koude water over haar polsen stromen. Daarna maakte ze van haar handen een kommetje en plensde water in haar gezicht, maar blijkbaar bracht dat geen verlichting. 'Hoe laat is het eigenlijk?'

'Geen idee. Ik hoop nog geen twee uur, want dan moeten we al naar het vliegveld.'

'Vliegveld?'

'Vincent komt vandaag.'

'O ja, helemaal vergeten.' Ciska masseerde haar slapen. 'Ik denk dat ik na gisteravond sowieso geen hersenen meer overheb. Nu weet ik weer waarom ik nog zo weinig ga stappen. Na je dertigste is die kater niet meer te doen.'

Anna knikte en moest zich dankzij die hoofdbeweging vervolgens vastgrijpen aan de rand van de wastafel. 'Ik denk dat ik eerst maar eens koffie ga maken.'

Een uur later stelde Anna tevreden vast dat de cafeïne z'n werk had gedaan. Ze voelde zich beter dan ze had verwacht en met de grootste zonnebril die ze bij zich had op haar neus, was het licht best te verdragen. Het katerontbijt dat ze had gemaakt had de misselijkheid ook wat verdreven.

'Ik snap niet dat je het weg krijgt', zei Ciska, die haar bord met gebakken eieren bijna onaangeroerd had laten staan. Wel nam ze de laatste slok van haar vierde kop loeisterke koffie.

'Nog een?' bood Anna aan, maar Ciska schudde haar hoofd. 'Ik ga douchen.'

Toen haar vriendin naar binnen was verdwenen, liep Anna naar de rand van het terras. Iets verderop scheen het zwembad haar blauw en aantrekkelijk toe, maar een duik in het koele water was misschien iets te veel van het goede. Bovendien moest ze zo in de auto stappen om Vincent en Gisèle van het vliegveld te halen. De gedachte dat haar broer er de komende twee dagen ook bij zou zijn, bezorgde haar een wat onbestemd gevoel. Aan de ene kant keek ze ernaar uit om herinneringen met hem te delen. Als geen ander begreep hij wat deze plek voor hen betekende. Aan de andere kant wilde ze niet dat hij zijn stempel zou drukken op wat er allemaal in het huis moest gebeuren. Gelukkig leek Gisèle dat te begrijpen. Bij het uitruimen van het Nederlandse huis had Anna's schoonzusje haar vriend een paar keer tot de orde geroepen. Tot Anna's verbazing had hij daarnaar geluisterd.

Ze keek op haar horloge. Nog twintig minuten en ze moest nog douchen. Vlug liep ze naar binnen. Ciska had de badkamer boven in gebruik, dus schoot Anna de douche beneden in. Ze liet het warme water over haar haar stromen en masseerde haar hoofd met haar vingers. Tegen de tijd dat ze de douche uitzette, was de kater gereduceerd tot een irritante zoem op de achtergrond en het gevoel dat ze tegen een griepje aan zat. In de spiegel zag ze dat ze weer wat kleur op haar wangen had.

Terwijl ze haar haar kamde en een vleugje make-up aanbracht, gleden haar gedachten terug naar gisteravond. Automatisch glimlachte ze. Het was lang geleden dat ze zo'n avond had beleefd.

'Ik heb zijn nummer', zei Ciska, toen ze even later samen in de auto stapten. 'Van Antonio, bedoel ik.'

'Ga je hem bellen?'

'Weet ik nog niet.' Ze grinnikte. 'Hij kon wel lekker zoenen, dus wie weet.'

'Ik dacht echt dat je niet met mij maar met hem mee zou gaan naar huis.'

Ciska haalde kort haar schouders op. 'Dat heb ik ook even overwogen, maar toen had ik er toch niet zo'n goed gevoel bij. Ik ken die man amper.'

'Je wordt nog eens verstandig.'

'En jij dan, met die Emilio?'

'Ja.' Automatisch glimlachte Anna. 'Die was wel leuk.'

Ciska stelde nog wat vragen, maar Anna ging er niet echt op in. Emilio was leuk om een avond mee te zoenen en wie weet zouden ze nog een keer afspreken. Maar in verplichtingen had ze geen zin. Als het niet gebeurde, was het ook prima.

Het was rustig op de weg en binnen twintig minuten waren ze op het vliegveld. 'Ze zijn net geland', zei Anna met een blik op het digitale klokje van de autoradio. 'Het gaat altijd heel snel, ze zullen hier zo wel zijn.'

Inderdaad kwamen haar broer en zijn vriendin nog geen kwartier later al aangelopen. Anna begroette hen beiden met een zoen en een omarming en ze zag dat Ciska hetzelfde deed. 'Hoe gaat het?' vroeg Vincent en in zijn blik las Anna wat zijzelf ook had gevoeld toen ze op het eiland aankwam. Herinneringen, in allerlei soorten.

'Goed. Het is fijn om in het huis te zijn.' Voor het eerst merkte ze dat ze het echt meende. 'Alsof papa en mama weer even heel dichtbij zijn.'

Een halfuur later zag ze haar broer even aarzelen voor hij naar binnen liep. Ergens vond ze dat ontroerend om te zien. Naast de hardheid die Vincent soms aan de dag kon leggen was het bijna fijn om te zien dat hij ook nog een andere kant had. In de hal bleef Vincent staan en keek om zich heen. Daarna liep hij zonder iets te zeggen door naar de keuken en opende de deur naar het terras. Anna volgde hem. Staand naast elkaar staarden ze naar de tuin.

'Ik had hiertegen opgezien', zei Vincent uiteindelijk. 'Maar het is inderdaad helemaal niet vervelend om hier te zijn.'

Anna glimlachte. Even pakte ze zijn hand en kneep erin, daarna liep ze terug naar binnen. 'Kom mee,' riep ze tegen haar broer, 'we gaan lunchen.'

Ze aten op het terras in de schaduw en daarna richtten ze zich op het doel van hun trip. Gisèle ging samen met Ciska in het huis aan de slag, Vincent en Anna namen het schuurtje in de tuin voor hun rekening. Anna wilde het laten afbreken voor het huis in de verhuur zou gaan, omdat het oud en vervallen was.

'Weet je nog dat we hier vaak speelden?' Vincent keek om zich heen. Er parelden zweetdruppeltjes op zijn voorhoofd.

In het kleine houten schuurtje was het ook bloedheet. Anna voelde haar shirt aan haar rug plakken. Door de openstaande deur kwam nauwelijks verkoeling binnen, maar het was vandaag dan ook uitzonderlijk warm.

Anna snoof. 'Rook het destijds ook al zo muf?'

'Volgens mij wel. Het hout is niet al te best meer.'

Anna keek om zich heen. 'Ik ga Roberto vragen het zo snel mogelijk af te breken.'

'Eens.' Vincent ging op zijn knieën voor de laagste planken zitten. Hij trok een krat met oud tuingereedschap naar voren. 'Volgens mij is dit al jaren niet gebruikt.'

Het schuurtje bleek vooral oude zooi te bevatten en binnen een uur hadden ze al veel daarvan naar buiten gebracht. Anna belde Roberto om te vragen of hij ervoor kon zorgen dat de oude spullen werden afgevoerd. Hij beloofde het meteen de volgende dag te doen en hij ging ook iemand regelen om het schuurtje af te breken.

'Ik zou niet weten wat we zonder hem zouden moeten', zei Anna tegen Vincent, nadat ze had opgehangen.

Haar broer gaf geen antwoord. In plaats daarvan was zijn aandacht gericht op een doos die hij op een van de planken had gevonden. 'Moet je kijken', zei hij met iets van melancholie in zijn stem.

Anna ging naast hem zitten en wierp een blik in de doos. 'Wat is dat?'

'Weet je nog dat ik vroeger een metaaldetector had? Dit zijn de schatten die ik daarmee heb gevonden.' Hij grinnikte en rammelde wat tussen de spullen. Anna zag oude munten en stukjes roestig metaal. Er zat ook een hoefijzer in, dat Vincent door zijn handen liet gaan. 'Destijds dacht ik echt dat ik een heel bijzondere verzameling had opgebouwd.'

'Laat eens zien.' Anna pakte de doos van hem aan en haalde er wat munten uit. 'Moet je kijken, het zijn peseta's.' Ze wreef met haar duim wat zand weg. 'Dat voelt als een eeuwigheid geleden.'

'Dat is het ook', zei Vincent. Hij pakte een klein, zilverkleurig voorwerp. 'Ik vond dit blijkbaar ook de moeite van het bewaren waard.'

Anna fronste. 'Laat eens zien.'

Vincent legde het kleine, zilveren ding in haar handen. Anna wreef het zand eraf en zag dat het een paard was. Er zat een oogje bovenop, bedoeld om een ketting doorheen te halen. 'Het is een hangertje', zei ze.

'Zal wel van jou zijn. Jij was destijds al gek op sieraden.'

'Maar niet op paarden.' Anna keek nog eens beter en de foto die ze in het boekje van haar moeder had gezien kwam in haar op. Haar zusje met precies deze hanger om haar nek. 'Het is van Yara.'

Vincent keek op. 'Echt waar?'

'Ja. Er lag een fotoboekje op de slaapkamer waar een foto in zat van Yara met dit kettinkje. Ik herinner me niet dat ze het had.'

Vincent fronste en keek nog eens in de doos. 'Dat is merkwaardig.'

'Wat?'

'Ik kreeg de metaaldetector een paar dagen voordat Yara verdronk. Toen we na de begrafenis terugkwamen op Ibiza, heb ik hem veel gebruikt. Eerst in onze eigen tuin, maar steeds vaker ging ik verder weg. Ik kroop onder het hek door en ging aan de slag op het land van de buren. Ik had het aan papa gevraagd en het mocht van hem.' Hij haalde even zijn schouders op. 'En maar rondlopen met dat ding, turend naar de grond. Bijna obsessief, soms.'

Anna durfde bijna geen adem te halen. Op Vincents gezicht las ze meer emotie dan ze de afgelopen tijd bij hem had gezien. Dit hangertje en de herinneringen die erbij hoorden, leken hem ineens te raken.

Haar broer bleef zwijgen en uiteindelijk verbrak Anna met schorre stem de stilte. 'Ik weet nog dat ik nadat het was gebeurd, de hele zomer bijna niet meer buiten durfde te komen. Om een of andere reden had ik mezelf wijsgemaakt dat er dan nog meer erge dingen zouden gebeuren.' Ze staarde voor zich uit. 'Het was goed dat papa en mama die therapeut voor ons regelden.'

Vincent keek haar aan en dacht even na. 'Ik denk dat jij er meer aan had dan ik. Jij bent altijd meer een prater geweest. Mij hielp het juist wel om buiten te zijn, in mijn eentje. Staren naar die metaaldetector, het zachte gezoem, dat piepje als het apparaat iets vond – ik vond dat rustgevend. Het leidde mijn gedachten af omdat ik me helemaal in iets anders kon verliezen. Dat had ik toen nodig.'

Anna moest over die woorden nadenken. Toen kwam de gedachte in haar op dat dit nog steeds de manier was waarop Vincent met zijn emoties omging. Al had hij tegenwoordig geen metaaldetector meer en kon hij ook niet simpelweg weglopen, hij had het nodig om zich te richten op één taak. Alsof hij daarmee zijn gevoelens voor zichzelf behapbaar wist te houden. Misschien was het niet zo vreemd dat hij zich na de dood van hun vader had vastgebeten in het zakelijke gedeelte, op het oog star en emotieloos. Misschien was het niets anders dan zijn karakter.

Vincent keek weer naar het oude metaal in de doos. 'In

de weilanden lag niet zoveel. Ik mocht niet bij de stallen komen, maar dat was veel leuker, dus deed ik het toch. Er lag veel meer, zoals die muntstukken. Die hadden amper waarde, maar ik voelde me heel rijk, al durfde ik ze niet uit te geven. En dat hoefijzer, dat vond ik ook heel mooi.'

Anna hield het hangertje omhoog. 'Heb je dit ook bij de stallen gevonden?' vroeg ze, verwachtend dat het antwoord nee zou zijn.

'Dat lijkt me wel', zei Vincent. 'Ik heb de detector niet veel in onze tuin gebruikt. Ze begonnen meteen die zomer met het dichtgooien van het zwembad, weet je nog? Er waren werklui en ik vond het juist fijn om alleen te zijn.'

'Maar dit is van Yara.' Anna begreep het niet helemaal. 'En Yara kwam nooit bij de buren.'

Vincent keek haar aan. 'Misschien is ze een keer bij de paarden gaan kijken.'

'Ze deed niet anders.'

'Bij de stallen, bedoel ik.'

'Dat mocht niet van papa en mama. Ze vonden Yara te klein om in haar eentje zo'n eind bij ons huis vandaan te gaan, omdat ze bang waren dat er iets zou gebeuren.' De ironie ontging Anna niet.

'Maar misschien deed ze het stiekem.'

Anna hield haar hoofd schuin. 'Dat zou kunnen', zei ze, hoewel ze moeite had zich dat voor te stellen. Aan de andere kant, Yara was vaak bij de weilanden te vinden. Ze had zo naar de stallen kunnen lopen zonder dat iemand het doorhad. Anna kon alleen geen reden verzinnen waarom haar zusje dat zou doen.

'Dit kan wel weg', zei Vincent, terwijl hij opstond en de doos buiten het schuurtje in de tuin zette, bij de andere spullen die naar het grofvuil moesten. Anna zat intussen nog steeds op haar knieën en keek naar het hangertje. Ze wist niet waarom, maar het bezorgde haar een vreemd gevoel. Uiteindelijk liet ze het in haar zak glijden en stond op.

Nog eens twee uur later was het schuurtje leeg. Anna streek een bezwete haarlok uit haar gezicht toen ze de laatste doos van het schuurtje naar de garage aan de zijkant van het huis sjouwde. Daarna liep ze naar binnen, waar Ciska en Gisèle ook behoorlijk waren opgeschoten. De huiskamer was zo goed als klaar, net als twee van de vier slaapkamers. Alleen de kleine zolder stond nog vol spullen. Anna had die klus voor zich uit geschoven. Het was er benauwd en bloedheet en het uitzoeken van de dozen zou een flinke klus zijn. Ze keek op haar horloge. Het was al bijna halfvijf en voor vandaag hadden ze wel hard genoeg gewerkt.

'Jongens, tijd om te zwemmen!' riep ze, terwijl ze naar binnen liep.

'Beste idee dat ik vandaag heb gehoord.' Dat was Ciska, die net de sleutel omdraaide van de grote kast in de woonkamer. 'Hier stonden nog wat spelletjes. Die heb ik in de kast gelaten, want het leek me leuk voor de huurders.'

Anna knikte en liep naar boven om haar bikini aan te trekken. Toen ze weer beneden kwam, was de rest ook al omgekleed. Ze namen drankjes mee en even later lagen ze allemaal in het koele, helderblauwe water. 'Hier was ik wel aan toe', zei Vincent, terwijl hij een paar slagen maakte en daarna onder water verdween.

'Anders ik wel.' Anna ging ook kopje-onder en toen ze weer bovenkwam, voelde ze zich veel frisser dan net. De warmte van de dag en de benauwdheid van het schuurtje waren in één keer verdwenen. Ze bleef nog even in het water en hees zichzelf toen op de kant om zich vervolgens op een ligstoel te installeren. Even later kwam Vincent naast haar liggen.

'Ik ben blij dat dat schuurtje morgen wordt afgebroken', zei hij. 'Het is echt een lelijke sta-in-de-weg in de tuin.'

Anna knikte. 'Papa en mama hadden het jaren geleden al kunnen laten afbreken. Er stond echt niks bijzonders in. Die grasmaaier kwam uit 1913, geloof ik.'

Vincent grinnikte bij de gedachte aan het oude, kapotte apparaat dat ze die middag ergens in een hoek hadden gevonden. 'Er is bovendien amper gras in de tuin.' Hij dacht even na. 'Wel grappig dat mijn oude metaaldetector-vondsten er nog lagen. Ik had in geen jaren aan dat ding gedacht.'

Anna's gedachten gleden terug naar de doos vol troep. 'Ik vind het toch vreemd dat dat hangertje bij de buren lag.'

Vincent keek haar aan. Er drupte water van zijn haar op zijn voorhoofd. 'Hoezo? Yara zat soms uren bij die paarden. Misschien is ze wel een keer naar de stal gelopen.'

'Maar dat mocht niet.'

'Deed jij nooit iets wat niet mocht? Ik herinner me dat jij je een keer 's nachts hebt laten ophalen om te gaan stappen met een of andere gozer. Dat mocht ook niet.'

Anna glimlachte. 'O ja, dat was ik alweer vergeten. Javier heette hij en hij had een snorretje. Ik was zestien en papa en mama vonden hem verschrikkelijk.'

'Hij was ook verschrikkelijk. Toen jij hem had gedumpt heeft hij nog wekenlang gebeld.'

'Ja, dat ging wel ver.' Anna grinnikte. 'Maar jij had een keer een meisje dat dacht dat je met haar ging trouwen. Die stond hier huilend op de stoep.'

'En toen vond mama het zielig en liet haar binnen', herinnerde Vincent zich lachend. 'Dat was nogal ongemakkelijk.'

'Maar het was niks voor Yara om recht tegen de regels in te gaan', zei Anna. 'Ze was heus weleens stout, maar papa en mama hadden haar echt verboden in haar eentje naar de buren te gaan. We kenden de buurman ook helemaal niet goed.'

'Dat is waar.' Vincent kneep zijn ogen samen en haalde toen zijn schouders op. 'Nou ja, ik weet het ook niet.'

'Wist je dat papa nog elk jaar iets ging drinken met een van de rechercheurs die aan het onderzoek hebben gewerkt?'

Haar broer keek opzij en dacht even na. 'Ja, volgens mij heeft hij dat weleens verteld', zei hij peinzend. 'Ik zou alleen niet meer weten hoe die man heette.'

'Julian. Julian Bossa. Hij kwam gisteren langs om me te condoleren.'

Daar keek Vincent van op. 'Echt waar? Wat aardig.'

'Ja.' Anna dacht weer aan dat gesprek. 'We hadden het over Yara. Hij zei dat het een van de zaken is die hem het meest zijn bijgebleven in al die jaren bij de politie.'

'Dat kan ik me voorstellen. Het was natuurlijk ook gruwelijk.'

'En hij zei ook dat het zo ongelukkig was dat zo'n klein meisje overleed aan hartfalen en dat niemand dat had kunnen voorzien.'

'Dat was ook zo', zei Vincent knikkend.

Anna keek verbaasd. 'Maar Yara had toch helemaal geen hartproblemen? Ik vond het raar dat hij het over hartfalen had.'

'Maar dat was wel de doodsoorzaak.'

'Nee, dat was verdrinking.'

Vincent nam een slok van zijn water en keek zijn zus aan. 'Die verdrinking was het gevolg daarvan. Papa heeft me een keer verteld dat uit sectie was gebleken dat Yara's hart het had begeven terwijl ze aan het zwemmen was. Anders zou ze toch ook niet zomaar verdrinken? Ze kon goed zwemmen.'

Anna keek niet-begrijpend. 'Dat was toch ook juist zo vreemd? Maar de politie zei best snel dat het een ongeluk was, dacht ik.'

'Ja, doordat haar hart het had begeven.' Vincent dacht even na en zei toen wat fronsend: 'Ik weet nog dat papa dat aan me vertelde. Volgens mij was Yara toen al een of twee jaar dood. Vlak nadat het was gebeurd, hadden we het er met elkaar inderdaad niet over. Wel over haar dood, maar niet over wat er precies was gebeurd. Ik denk dat papa en mama ons toen niet bang wilden maken.'

'Hoezo?'

'We waren al zo geschrokken. Ik was erg bang dat ik ook zomaar ineens dood kon gaan en jij volgens mij ook. Als ze toen aan ons hadden verteld dat Yara's hart er zomaar mee op was gehouden, zou ik dat heel eng hebben gevonden.'

Daar moest Anna even over nadenken. Haar gedachten gingen naar Sem. Hij was jonger dan zij destijds, maar als ze hem nu zou vertellen dat zoiets kon gebeuren, zou hij dat ook niet in perspectief kunnen plaatsen. Toen haar vader was overleden, was hij ook een paar keer bang geweest om te gaan slapen. Anna had hem eerst verteld dat opa was gaan slapen en niet meer wakker zou worden. Toen Sem daardoor helemaal niet meer naar bed durfde, was ze op internet gaan zoeken hoe ze de dood kon verklaren aan een zevenjarige. Ze had gelezen dat ze juist beter niet had kunnen zeggen dat haar vader was gaan slapen. Toen had ze Sem uitgelegd wat doodgaan betekende en dat dat vrijwel alleen oude mensen overkwam. Dat was misschien niet helemaal waar, maar het stelde hem wel gerust.

'Ik begrijp hun keuze wel', zei Anna toen. 'Maar waarom hebben ze het later niet aan mij verteld?'

'Heb je ernaar gevraagd?'

Anna schudde haar hoofd. 'Nee, dat niet. Ik heb altijd aangenomen dat het een ongeluk was.' Ze fronste. 'Ik heb er eigenlijk nooit echt over nagedacht. Misschien is dat wel vreemd.' Ze voelde zich ineens stom. Als kind was het niet vreemd dat ze de uitleg van haar ouders had geaccepteerd, maar ook toen ze groter werd, had ze geen vraagtekens geplaatst.

'Jij sluit je gewoon af als het moeilijk wordt', had Pieter haar weleens verweten toen ze nog een relatie hadden. 'Zo, deurtje dicht, en dan bestaat het niet.'

Anna was daar vol tegenin gegaan en er was een enorme ruzie uit voortgekomen, maar veel later had ze moeten toegeven dat hij wel gelijk had. Ze hield niet van confrontaties en verdrong moeilijke gevoelens graag. De laatste jaren was ze daarin wel veranderd, maar toen ze jonger was en zeker als puber, koos ze de makkelijke weg. Misschien leek ze daarin meer op Vincent dan ze eigenlijk wilde toegeven.

'Maar papa en mama vonden het niet vreemd dat Yara ineens een slecht hart bleek te hebben?'

Vincent dacht even na. 'Nee, volgens mij niet', zei hij toen langzaam. 'Met mama heb ik het er nooit over gehad. Toen ik vragen had, wilde ik niet bij haar aankloppen. Zij werd altijd zo verdrietig als we over Yara praatten.'

'En papa?'

'Die gaf gewoon antwoord.'

'Vond hij het niet vreemd dat Yara ineens hartfalen kreeg?'

'Dat heb ik niet gevraagd.' Vincent schudde zijn hoofd. 'Maar volgens mij niet. Waarom zou hij ook? Er is sectie gedaan op haar lichaam en dit was de uitkomst. Ik denk dat het juist rust gaf dat ze dit wisten. Het gaf een verklaring en haar dood was gewoon pech.'

Anna knipperde een paar keer. 'Dat klinkt wel heel makkelijk.'

'Maar het was wel zo.' Vincent keek naar Gisèle en Ciska, die beiden op een luchtbed in het water dobberden. Daarna richtte hij zijn blik weer op Anna. 'Ik heb later nog weleens op internet gezocht. Het kan inderdaad gebeuren dat een kind bijvoorbeeld een aangeboren hartafwijking heeft, die onopgemerkt blijft. En op een dag geeft het hart het dan op.'

'Ja.' Anna knikte wat. Ze voelde zich ineens vreemd. Onzeker. Dom ook, omdat Vincent deze vragen wel had gesteld en zij niet.

Ze richtte haar blik op Ciska, die zich nu van haar luchtbed liet glijden en naar de kant zwom. 'Ik weet niet hoe het met jullie zit, maar ik heb wel trek in een wijntje.'

Anna gaf geen antwoord, maar Vincent stond op om

binnen drankjes te gaan pakken. Uiteindelijk kwam Anna ook van haar stoel. Ze ging op de rand van het zwembad zitten en bewoog met haar voeten door het water. De bodem vertroebelde in de golven die ze maakte tot de tegeltjes uiteindelijk allemaal in elkaar overgingen.

Diep snoof Anna de avondlucht in zich op. Het begon donker te worden, maar nog altijd was het warm. Misschien was dit wel haar favoriete tijdstip van de dag. De tuin kwam tot leven met krekels, het zomerbriesje streek warm langs haar armen en de lucht rook kruidig vermengd met iets bloemigs wat ze niet goed kon thuisbrengen. Ze stond aan de rand van het terras en staarde naar niets in het bijzonder.

Op dat moment riep Ciska dat het eten klaar was en ze schoven aan aan de buitentafel. Ciska had de kaarsen in de twee windlichten aangestoken en vanuit de keuken klonk loungemuziek. Anna voelde zich loom door de wijn en de fysieke inspanning van de dag. Ze leunde achterover en keek naar haar broer, lachend om iets wat Ciska had gezegd. Het was goed om hier samen te zijn, al was het maar twee dagen. Het was alsof ze nu dichter bij elkaar kwamen dan in het afgelopen jaar het geval was geweest.

Ze concentreerde zich weer op het gesprek. Ciska vertelde over een date die ze recent had gehad. Anna kende het verhaal al, maar moest toch weer lachen om de clou. Tegen de tijd dat Ciska met de man mee naar huis ging, bleek dat hij nog bij zijn moeder woonde. Anna herinnerde zich nog dat haar vriendin haar midden in de nacht hikkend van de lach had opgebeld en dat Ciska de volgende dag nog een berichtje van de man in kwestie had gehad om te vragen waarom ze toch ineens was verdwenen.

Tegen de tijd dat het dessert op was en ze het laatste restje wijn uit de fles hadden geschonken, begonnen Anna's oogleden zwaar te worden. Ze zei dat ze naar bed ging, zette nog wat bordjes in de vaatwasser en verdween naar haar slaapkamer.

Langzaam kleedde ze zich uit en kroop onder de lakens. Haar blik viel op een zilveren voorwerp op het nachtkastje. Ze pakte het en keek nogmaals naar het paardje. Daarna stapte ze uit bed en pakte het fotoboekje. Met haar vinger streek ze over het paardje op de foto. Het was hetzelfde hangertje en Yara had het blijkbaar een paar dagen voordat ze verdronk nog om haar nek gehad. Ze dacht weer aan de woorden van Vincent. Hij was er behoorlijk van overtuigd dat hij het na Yara's dood bij de stallen had gevonden, maar hoe betrouwbaar was zijn herinnering na al die jaren? Het was zo'n bizarre zomer geweest. Anna vertrouwde haar eigen geheugen ook niet. Allerlei gebeurtenissen waren elkaar in hoog tempo opgevolgd en waren uiteindelijk in haar hoofd door elkaar gaan lopen. Er waren zoveel mensen langsgekomen, zoveel vrienden en kennissen die haar tegen zich aan hadden gehouden, huilend, troostend, pratend. Ze wist echt niet meer wat de volgorde van de gebeurtenissen was geweest. Vincent leek zeker van zijn zaak, maar er was natuurlijk de kans dat ook zijn geheugen hem in de steek had gelaten. Het was ook veel logischer dat hij Yara's ketting in hun eigen tuin had gevonden en niet een paar honderd meter verderop op een plek waar Yara helemaal niet mocht komen. Haar zusje was echt niet het braafste kind op aarde geweest, maar zomaar ergens naartoe gaan, tegen de wil van hun ouders in... dat was niks voor Yara.

Anna legde het fotoboekje weg en trok het laken weer over zich heen. Ze probeerde haar onbestemde gevoel weg te redeneren, maar het verdween niet. Er was namelijk altijd die andere mogelijkheid: dat het hangertje inderdaad bij de stal had gelegen. En dan was het de vraag wat Yara daar deed. Als haar zusje niet ergens in de dagen erna zomaar was verdronken, zou Anna er geen seconde bij stil hebben gestaan, maar feit was dat ze de afgelopen dagen twee dingen had gehoord die ze vreemd vond en allebei hadden ze met Yara te maken. Misschien kwam het ook doordat ze hier op Ibiza sowieso al meer met haar zusje bezig was dan thuis, maar het lukte haar niet om de gedachten zomaar naast zich neer te leggen. Ze haalde diep adem en sloot haar ogen. Misschien moest ze toch nog eens bij die oud-politieman aankloppen. Hij kon haar vast meer vertellen over dat hartfalen. De verwarring wegnemen, uitleggen dat het slechts een politieterm was. Ze zou hem ook over het hangertje vertellen, al wist ze zelf niet goed wat ze daarmee wilde bereiken. Het moest haar gewoon van het hart, daar kwam het op neer.

Ze draaide op haar zij en dwong zichzelf aan andere dingen te denken, maar het duurde lang voordat ze uiteindelijk in slaap viel.

# HOOFDSTUK 6

'DEZE DAN.' LACHEND HIELD CISKA EEN FELROZE GEVAL met een hoop franjes omhoog. Daarna hield ze de hippiejurk voor zich en keek kritisch in de spiegel. 'Mwah, misschien niet.'

'Zou je geweldig staan', zei Anna met een gezicht dat duidelijk maakte dat ze het gewaad ook wat veel van het goede vond. Er stak een zuchtje wind op en de kraaltjes aan de jurk tingelden tegen elkaar. 'Lekker muziekje ook.'

Ciska grinnikte. 'Zo gek dat ik altijd denk dat dit soort dingen een goed idee zijn. Tot ik het heb gekocht en ontdek dat ik het nooit aantrek.'

'Wat dacht je van mij? Ik heb volgens mij in de loop der jaren wel tien van dit soort dingen verzameld.' Anna streek even over de stof. 'En zelden gedragen.'

'Kom, dan gaan we armbandjes kijken.' Ciska hing de

jurk terug en ze liepen naar een kraampje met kleurrijke leren bandjes. Ze probeerden er een paar en uiteindelijk kochten ze er allebei twee. Daarna slenterden ze langs de andere kraampjes.

Het was druk op de hippiemarkt, zoals elke zaterdag in het hoogseizoen. Drommen toeristen verdrongen zich voor de kraampjes. Anna ving de geur van wierook op. Ze probeerden of ze terechtkonden in de kleine koffietent aan de rand van de markt, maar alle tafeltjes waren bezet. Er stond zelfs een rij.

'Kom mee', zei ze tegen Ciska. 'Ik heb ook eigenlijk geen zin in koffie. We gaan lekker lunchen. Ik heb goede dingen gehoord over restaurant La Paloma.'

Ze liepen naar hun auto en nog geen kwartier later parkeerde Anna bij het restaurant in het dorpje San Lorenzo waarover ze had gelezen op internet. De recensies hadden geen woord te veel gezegd over de ligging. Ze vonden een plekje op het terras met sinaasappelbomen en Anna keek bewonderend naar het uitzicht over de vallei. Het restaurantje zelf was klein en kleurrijk en straalde precies die relaxte sfeer uit waarvan Anna zo hield op Ibiza.

Ze bestelden lunch en daarna beantwoordde Anna een appje van haar broer die schreef dat ze in het vliegtuig waren en op het punt van vertrekken stonden. Die ochtend hadden ze Vincent en Gisèle naar de luchthaven gebracht.

'Ze gaan zo de lucht in', zei Anna terwijl ze haar telefoon aan de kant legde.

Ciska keek nadenkend. 'Het was goed dat ze er waren, volgens mij. Ik had het idee dat Vincent en jij weer wat dichter bij elkaar kwamen.'

'Ja.' Anna knikte. 'Dat idee had ik ook. Hij was anders dan normaal. Opener.' Ze dacht weer aan hun gesprek van gisteren bij het zwembad. 'Eigenlijk heb ik voor het eerst met hem over Yara gesproken. Echt gesproken, bedoel ik.'

Ciska keek haar onderzoekend aan. 'Hoe bedoel je?'

'Ik had het met hem over wat die politieman had gezegd, over dat hartfalen. En voor het eerst vertelde hij dat hij het daar weleens met mijn vader over heeft gehad. Dat wist ik helemaal niet.'

'Dus hij wist wel dat dat de doodsoorzaak was?'

'Ja, blijkbaar wel.'

Ciska hield haar hoofd schuin. 'Ik begrijp niet helemaal waarom dat je zo bezighoudt. Je zei zelf dat het waarschijnlijk een kwestie van terminologie is. Hartfalen als gevolg van verdrinking.'

'Dat dacht ik, maar dat is dus niet zo. Mijn vader heeft Vincent verteld dat Yara's hart het heeft begeven en dat ze daaraan overleden is. Ze was op dat moment toevallig aan het zwemmen, maar het had op ieder ander moment kunnen gebeuren.'

'O.' Ciska ging verzitten en keek vragend. 'Dat is wel een ander verhaal, dan.'

'Dat vond ik ook. Maar hij was verbaasd dat het mij verbaasde. Hij dacht dat ik dit allang wist.'

'Heeft je vader dit nooit aan jou verteld?'

Anna schudde haar hoofd. 'Maar ik heb er ook nooit naar gevraagd en Vincent wel. Ik dacht: ze is gewoon verdronken. Punt.'

'Ondanks het feit dat ze goed kon zwemmen.'

'Ja, dat is vreemd als je erover nadenkt, maar eerlijk gezegd heb ik dat nooit echt gedaan. Ik was nog zo jong en heb het verhaal van mijn ouders nooit in twijfel getrokken.'

'Natuurlijk niet', zei Ciska. 'Waarom zou je?' Ze dacht even na en toen ze begon te praten klonk haar stem vragend. 'Maar het verandert toch niet zoveel? Je hebt nu juist antwoord op je vraag waarom hartfalen de doodsoorzaak is.'

'Maar ze had nooit iets. Dan ga je toch niet ineens dood aan een hartprobleem?'

Ciska zei niets. Anna dacht even na en ging toen verder: 'Ze deed aan sport, ze was nooit ziek en dan zou ze een dodelijke hartafwijking hebben die ook nog eens tot uiting komt als ze net aan het zwemmen is.'

'Ja.' Ciska nam nog een hap en kauwde een tijdje in stilte. 'Maar dat is wel wat er is gebeurd, toch?'

Anna beet op haar onderlip. 'Volgens Vincent wel.'

'Geloof je het niet?'

Ze haalde kort haar schouders op. 'Ik had het gewoon graag willen weten toen mijn ouders nog leefden. Dan had ik nog vragen kunnen stellen.'

Het eten werd gebracht en even viel hun gesprek stil. Toen de ober weg was en ze de gerechten hadden bewonderd, pikte Ciska de draad weer op. 'Welke vragen had je dan willen stellen?'

'Of ze nooit iets aan Yara hebben gemerkt, wat voor hartprobleem dat dan was, of de politie het zeker weet. Kun je dat allemaal na iemands dood zien? Haar hart kan het ook hebben begeven doordat ze in het zwembad in de problemen kwam.'

Ciska knikte langzaam. Ze aarzelde even, maar deed toen toch haar mond open. 'Met alle respect, An, maar wat maakt het precies uit? Je krijgt haar er niet mee terug.'

'Dat weet ik wel, maar het is wel een verschil. En ik wil het nu gewoon weten.'

'Waarom bel je die politieman niet? Hij kan je vast vertellen wat er destijds uit het onderzoek is gekomen.'

'Ja.' Anna knikte nadenkend. 'Dat is best een goed idee.' Ze nam een hap en liet haar blik over de vallei dwalen. 'We vonden gisteren in het schuurtje ook de hanger van Yara's ketting. Die had Vincent met zijn metaaldetector opgeduikeld.'

'Echt waar?'

'Ja, maar op een plek waar Yara helemaal nooit kwam. Ze mocht er niet eens komen van mijn ouders.'

'Waar dan?'

'De stallen van de buren.'

Ciska trok haar wenkbrauwen op. 'Ze was dol op paarden, toch?'

'Ja, dat wel. Maar het was een paar honderd meter bij ons huis vandaan en mijn ouders wilden niet dat ze er alleen naartoe ging. Voor zover ik weet, is ze er nooit geweest.'

'Blijkbaar wel.' Ciska keek haar aan en las blijkbaar iets in Anna's blik. 'Wat?' vroeg ze.

'Niks.' Anna haalde haar schouders op. 'Als haar hanger daar lag, is ze daar geweest. Ik vind het alleen vreemd.'

'Misschien heeft Vincent het verkeerd onthouden.'

'Hij was er echt van overtuigd.'

'Tja.' Ciska legde haar bestek op haar bord en leunde achterover. Aan haar gezicht las Anna af dat ze niet goed wist wat ze ermee moest. Dat kon Anna haar niet kwalijk nemen, omdat ze dat zelf eigenlijk ook niet wist.

'Hé.' Ciska hield haar hoofd schuin. 'Ik zou echt even

contact opnemen met die politieman. Misschien kan hij je een paar antwoorden geven, waardoor je niet meer zo loopt te malen hierover.'

'Ja.' Anna knikte. Ze liet haar blik over de heuvels dwalen. 'Misschien doe ik dat wel.'

Ciska's telefoon maakte een vrolijk pingelgeluid en ze wierp een blik op het schermpje om te zien wie haar appte. 'Hé,' zei ze toen, 'dit is mijn nieuwe vriend Antonio. Ik had niet verwacht dat ik nog iets van hem zou horen.'

Anna glimlachte. 'Wat schrijft hij?'

Ciska trok een rimpel in haar voorhoofd. 'Hij schrijft dat zijn vrienden en hij het leuk zouden vinden ons weer te zien en vraagt of we zin hebben om morgen te gaan varen. Ze gaan naar Formentera.'

'Wat leuk', zei Anna verrast. 'Daar ben ik wel voor in.'

'Anders ik wel. Misschien is Emilio er ook wel bij.'

Anna knikte, maar gaf geen antwoord. Eerlijk gezegd had ze niet meer zoveel aan hem gedacht, laat staan dat ze had overwogen hem te bellen. Maar ach, het was ook weer geen straf om hem nogmaals te zien.

Ciska stuurde een berichtje terug, wachtte even en grinnikte toen. 'Morgen aan het begin van de middag in de haven van Ibiza-Stad, zegt hij.' Ze begon weer te typen op haar telefoon. Anna's gedachten dwaalden af naar het gesprek dat ze net hadden gevoerd. Hoe langer ze ermee rondliep, hoe meer ze merkte dat ze behoefte had aan antwoorden op haar vragen. Ze voelde zich rusteloos, al kwam dat misschien vooral voort uit frustratie dat zij nooit het gesprek met haar vader had gevoerd dat Vincent wel had gehad. En nu was het te laat om daar verandering in te brengen. Het enige wat ze kon doen was inderdaad hopen dat Julian Bossa haar kon helpen. Als ze thuis was zou ze hem meteen bellen. Ze haalde diep adem en hoopte dat ze het daarna wat meer kon loslaten, want op dit moment leek het wel alsof er een bal in haar maag zat die alleen maar groter werd.

'Deze of deze?' Ciska stond midden in de woonkamer en hield twee bikini's omhoog. Allebei waren ze felgekleurd: de ene neongeel, de andere neonroze.

'Geel', antwoordde Anna.

'Echt? Geen roze?'

'Oké, roze.'

'Je zegt maar wat.'

'Ik zei geel, maar blijkbaar had ik roze moeten zeggen.'

'Nee, je moet zeggen welke je het mooist vindt.'

Anna keek opnieuw. 'Geel.'

'Hm.' Ciska liet haar blik heen en weer gaan en zei toen: 'Ik doe roze.'

Grinnikend keek Anna hoe haar vriendin de trap weer op liep. 'Je lijkt wel zestien!' riep ze haar na. Het laatste wat ze hoorde was Ciska's lach toen de deur van haar kamer achter haar dichtviel.

Anna pakte weer het tijdschrift dat ze had zitten lezen, maar het lukte haar niet om zich te concentreren. Ze hadden pas aan het begin van de middag in de haven afgesproken, maar eerst zou ze koffiedrinken met Julian Bossa. Gisteren had ze hem gebeld en hij had meteen ingestemd met een afspraak. Op een vreemde manier was ze nerveus.

'Ben je klaar?' riep ze naar boven, waar ze Ciska op haar kamer hoorde rommelen.

'Bijna!'

Anna grinnikte. Ciska gedroeg zich alsof ze een date had, terwijl het varen weinig meer vroeg dan een bikini, een jurkje en een zonnebril. Dat waren precies de drie dingen die Anna droeg, het had haar nog geen vijf minuten gekost.

'Oké, we kunnen gaan.' Ciska kwam de trap af in een outfit die deed vermoeden dat ze op weg was naar een exclusief feest. Anna keek naar haar sandalen met hoge sleehak. 'Kijk maar uit dat je daarmee niet uitglijdt op die boot', zei ze grinnikend.

Twintig minuten later zette ze de auto in een parkeergarage vlak bij de haven en sprak af dat ze Ciska zou bellen als ze klaar was. Haar vriendin vertrok richting de winkelstraat en Anna liep naar het terras aan het water waar ze met Julian Bossa had afgesproken. Hij was er al en stond op toen hij haar zag. Hij stak zijn armen uit en ze begroette hem met een omhelzing, zoals in Spanje gebruikelijker was dan in Nederland. Daarna ging ze zitten en bestelde een café con leche bij de toegesnelde ober.

'Bedankt dat u kon komen', zei ze. 'Dat waardeer ik heel erg.'

'Natuurlijk.' Julian ging verzitten en keek haar aan. 'Hoe gaat het met opruimen?'

Anna vertelde dat Vincent was komen helpen en dat ze al opschoten. 'Met een beetje geluk kan het dit jaar al in de verhuur', zei ze.

'En wat kan ik voor je doen? Je zei dat je wat vragen had.'

'Ja.' Anna beet op haar lip. De ober kwam de koffie brengen en ze keek naar zijn verrichtingen voor ze verder praatte. 'Zoals ik al zei was mijn broer er ook en tijdens het opruimen hadden we het over mijn zusje. Ik vroeg hem of hij wist dat Yara aan hartfalen is overleden en mijn vader bleek dat aan hem te hebben verteld.'

De oud-politieman luisterde en knikte geduldig. Anna zweeg even en probeerde haar gedachten te ordenen. Daarna ging ze verder. 'Ik heb altijd gedacht dat Yara's hart het opgaf omdat ze verdronk, maar Vincent zei dat het precies andersom was. Dat ze verdronk omdat haar hart het opgaf.'

'Ja', zei de man. 'Dat klopt.'

'Maar Yara had geen hartproblemen.'

Anna verwachtte half dat de agent zou zeggen wat ze zelf al op internet had gelezen: dat hartproblemen zich ineens konden uiten, dat het zeldzaam was maar niet ondenkbaar. Maar dat zei hij niet. In plaats daarvan kneep hij zijn ogen samen en vouwde zijn vingers als een dakje onder zijn kin. Toen hij weer begon te praten was het langzaam. 'Yara werd uit het water gehaald en er werd geprobeerd haar te reanimeren, maar ze was al overleden. Volgens procedure werd het zwembad meteen plaats delict, zoals gebruikelijk bij een niet-natuurlijk overlijden. Het plotseling overlijden van een gezond kind wordt altijd als niet-natuurlijk overlijden aangemerkt. Er kwam een schouwarts en uiteindelijk werd de plaats delict onderzocht door de technische recherche en werd Yara's lichaam vervoerd naar het mortuarium. Daar heeft de forensisch patholoog onderzoek gedaan.' Hij keek Anna aan. 'Weet je zeker dat je dit wil weten?'

Anna knikte ferm. 'Ja.'

'Oké.' Julian glimlachte even. 'Forensisch onderzoek houdt in dat het lichaam wordt nagekeken op alle mogelijke sporen, tot in detail. Er werd niks gevonden, behalve haar hart. De patholoog heeft een rapport opgemaakt en op basis daarvan werd door de korpsleiding besloten dat het onderzoek werd gesloten. Haar dood was een natuurlijke dood.'

'Heeft u dat rapport gelezen?'

'Ik? Nee.' Die vraag leek de man te verwonderen. 'Ik was onderdeel van het team, meer niet. De korpsleiding sloot het onderzoek en wij werden meteen ingezet op een andere zaak.'

Anna kneep haar ogen samen. Ze had het gevoel dat de man nog meer ging zeggen, maar hij zweeg en richtte zijn blik op de boten in de haven.

'Maar het was toch vreemd: zo'n gezond meisje dat ineens een hartprobleem bleek te hebben?'

'Tja.' Julian haalde diep adem. 'Misschien wel, maar de patholoog was duidelijk, begreep ik.'

'Vond u dat niet vreemd? Of iemand uit het rechercheteam?'

'Anna...' Hij keek haar aan. 'Ik begrijp niet zo goed waarom je hieraan twijfelt.'

'Omdat Yara helemaal geen hartprobleem had. Ik vind het vreemd dat de politie geen verder onderzoek heeft gedaan. Mijn ouders hebben het blijkbaar altijd gewoon geloofd, maar ik kan er niks mee.' Ze merkte dat ze luider begon te praten en dwong zichzelf te kalmeren. 'Yara was kerngezond. Ik heb gewoon het gevoel dat er iets niet klopt.'

Ze keek de politieman recht aan en knipperde een paar keer. In zijn ogen las ze iets wat ze maar moeilijk kon thuisbrengen. 'Ik ben het met je eens dat het onderzoek vrij abrupt werd gestopt, maar zo ging dat in die tijd. Het politiekorps was overbelast, te weinig zaken werden opgelost. Voor Yara's dood was een verklaring, dus het dossier ging dicht.'

'Ook al was die verklaring wel erg vreemd.'

De politieman haalde diep adem. 'Vreemd, maar niet ongeloofwaardig.'

Anna wilde zeggen dat ze dat niet met hem eens was, maar ze deed het niet omdat ze niet respectloos wilde lijken. Er kwam een andere vraag in haar hoofd op. 'Is het politierapport van destijds nog in te zien?'

Julian Bossa keek verbaasd. 'Wil je dat?'

'Ik merk dat de zaak me erg bezighoudt. Het zou fijn zijn als ik kon lezen wat er is onderzocht en wat de uitkomsten precies waren.'

De man keek bedenkelijk. 'Ik denk niet dat dat rapport openbaar is. Ik wil best wat telefoontjes plegen, maar eerlijk gezegd geef ik het niet veel kans.'

Anna kneep haar ogen samen. 'Maar het gaat om mijn zusje en het onderzoek is gesloten.'

'Zoals ik zei: ik zal een paar telefoontjes plegen.' De oud-politieman nam de laatste slok van zijn koffie en keek Anna aan. 'Ik kan me echt voorstellen dat er allerlei herinneringen terugkomen nu je hier bent, maar probeer geen dingen te zien die er niet zijn. Je maakt jezelf er alleen maar gek mee.'

Anna knikte. Julian Bossa maakte aanstalten om op te staan en Anna deed hetzelfde, al was ze nog niet klaar. 'Er is nog iets', zei ze, ineens wat aarzelend.

De politieman keek haar aan. Er lag iets in zijn blik wat Anna lastig kon peilen. 'Wat dan?'

‘Ik heb een foto van Yara gevonden waarop ze een kettinkje draagt. De foto is een paar dagen voor haar dood gemaakt, want haar hoektand is eruit en dat was die week gebeurd.’

‘Ja?’ vroeg Julian, toen Anna even zweeg om haar woorden zorgvuldig te kiezen.

‘Het hangertje aan de ketting is een zilveren paardje. Vincent heeft die hanger later die zomer teruggevonden toen hij met zijn metaaldetector in de weer was. Het vreemde is alleen dat hij hem vond op het terrein van de buren, helemaal bij de stallen. Maar Yara mocht daar niet komen en voor zover ik weet hield ze zich daaraan.’

Julians ogen vernauwden zich. ‘Meen je dat?’

Anna knikte. ‘Ik dacht dat hij het misschien niet goed had onthouden, maar hij is ervan overtuigd. In de doos met spullen die hij die zomer vond zaten ook hoefijzers.’

Julian liet de informatie even op zich inwerken. Uiteindelijk vouwde hij zijn handen voor zich op tafel. ‘Tja, ik denk dat je daaruit alleen kunt afleiden dat je zusje een keer bij de stallen is geweest, of ze dat nou mocht of niet.’ Hij dacht na. ‘Voor een meisje dat van paarden hield was het ook wel een heel mooie plek.’

‘Maar mijn ouders vonden het niet goed.’

De oudere man glimlachte even, wat zijn gezicht iets zachts gaf. Anna verwachtte half dat hij de dooddoener op tafel zou gooien dat iedereen weleens iets deed wat niet mocht, maar dat deed hij niet. Hij stak zijn hand uit en pakte even haar onderarm. ‘Anna...’ Zijn stem klonk vaderlijk, maar Anna merkte dat hij de waakzaamheid erin niet helemaal kon verbloemen. ‘Probeer de zaak te laten rusten.’

Ze grimaste even en knikte toen. 'Als ik het rapport heb gelezen, weet ik waarschijnlijk alles wat ik wil.' Nu stond ze wel op, gevolgd door de politieman. Ze omhelsden elkaar weer bij wijze van afscheid. 'Alvast ontzettend bedankt', zei Anna. 'Het betekent veel voor me dat u hier moeite voor wilt doen.'

Julian wilde om de rekening vragen, maar Anna wuifde dat weg. Ze keek de man na tot hij in de menigte was opgegaan en wenkte de ober om te betalen. Daarna verliet ze het terras. In gedachten verzonken liep ze naar de plek waar Ciska met de Spanjaarden had afgesproken. Het was opnieuw een prachtige dag en de zon brandde aan de wolkeloze hemel, maar Anna werd te zeer door haar eigen gedachten in beslag genomen om het te merken. Ze probeerde te bedenken of ze wijzer was geworden, maar gek genoeg wist ze het zelf eigenlijk niet. Niet in de vorm van kennis, maar op een of andere manier had ze het idee dat de afspraak veel zin had gehad. Er was iets aan de reactie van de oud-politieman dat haar nieuwsgierig maakte. Ze kende hem niet goed genoeg om conclusies te kunnen verbinden aan zijn houding, maar ergens had ze het idee dat ze hem met haar vragen niet helemaal had verrast. Misschien had haar vader die ook weleens gesteld of had hij ze al verwacht toen ze hem belde. Ze hoopte dat hij het politierapport inderdaad boven tafel kon krijgen, dat zou zoveel duidelijkheid brengen.

'Anna! Hier!' Anna keek op toen iemand haar naam riep. Even dacht ze dat ze het verkeerd had gehoord, maar toen ontdekte ze Ciska op de achtersteven van een van de boten. Het was een wit jacht, niet het grootste van de haven, maar wel glimmend en zo te zien nogal nieuw. Om Ciska's schouder hing de arm van Antonio.

'Joe, ik kom eraan!' zwaaide Anna. Via de loopplank betrad ze de boot en ze liep meteen door naar de achtersteven. Vrijwel meteen haalde iemand de plank op en nog voor Anna goed en wel zat, zette de boot zich al in beweging.

Anna liet zich begroeten door Antonio, die haar op beide wangen zoende en haar daarna voorstelde aan wat vrienden en vriendinnen van hem die Anna niet eerder had gezien. Het gebrom van de motor maakte dat ze hun namen amper verstond. 'De rest is binnen', wees Antonio, waarna hij zich weer omdraaide naar Ciska en opnieuw zijn arm bezitterig om haar schouder sloeg. Anna nam het trapje naar beneden, de kajuit in. Ze keek om zich heen. De banken langs de muren waren bekleed met wit leer. Niet haar smaak, maar het was duidelijk dat er niet was bezuinigd op de inrichting. Op een van de banken zat Silvio. Hij stond op toen hij haar zag en begroette haar met een zoen op haar wang. 'Iets drinken?'

Anna knikte. 'Lekker.'

De keus bleek te bestaan uit een hele rij alcoholische drankjes. Anna glimlachte. 'Ik hou het heel even bij water. Het moet nog twaalf uur worden.'

Silvio haalde zijn schouders op en gaf haar een flesje. 'Wat je wilt.'

Hij ging weer op de bank zitten en leek zijn interesse al verloren te zijn, maar toen Anna wegliep voelde ze toch zijn blik in haar rug prikken. Hij gaf haar een ongemakkelijk gevoel, net als de vorige keer, al kon ze haar vinger er niet precies op leggen.

Er zaten nog twee vrouwen in de kajuit, van wie Anna niet meer wist of ze ze al had ontmoet. Ze stelde zich voor en liep daarna aan de andere kant naar boven, naar de stuurhut. Daar vond ze Emilio, met twee handen aan het roer. Ze zag hem voor hij haar zag en bleef even staan. Hij droeg een strak wit shirt, donkerblauwe zwembroek en slippers. Op zijn hoofd had hij een hagelwit petje. Anna schoof haar zonnebril van haar neus naar haar haar en kuchte.

'Anna', zei hij, toen hij haar in het oog kreeg. Hij grijnsde breed. 'Ik had al begrepen dat je ons vandaag zou vergezellen.' Ook al was hij nog bezig de boot de haven uit te manoeuvreren, hij liet het roer los om haar te begroeten met een omhelzing. Daarna zoende hij haar op beide wangen en pakte snel weer het roer vast. 'Sorry, ik moet ons even de haven uit zien te krijgen. Heb je al iets te drinken gekregen?'

Anna hield haar water omhoog. 'Zeker.'

'Ik bedoel iets lekkers.' Emilio keek om zich heen of hij iemand zag die dat kon regelen, maar Anna schudde lachend haar hoofd. 'Water is prima voor nu. De dag is nog lang en alcohol voor twaalf uur komt altijd zo hard binnen.' Terwijl ze het zei realiseerde ze zich dat het lang geleden was dat ze op dit tijdstip had gedronken. Ook al had iedereen al een of ander drankje in z'n hand, zelf had ze er nog even geen behoefte aan.

Ze ging op het bankje naast het roer zitten en keek om zich heen. 'Van wie is deze boot eigenlijk?'

'O...' Emilio haalde luchtig zijn schouders op. 'Van mij.'

Anna keek ongelovig, maar hij zag er niet uit alsof hij een grapje maakte. Ook niet alsof hij het bezit van zo'n jacht terwijl hij hooguit dertig was, een big deal vond.

'O', zei ze. 'Mooie boot.'

'Dank je.' Hij blikte even opzij en glimlachte. Anna keek om zich heen. Vanaf de stuurhut had je goed zicht op het dek, waar Ciska en Antonio nu stonden. Ze zag haar vriendin druk wijzen naar de boten die ze passeerden, de ene nog mooier dan de andere. Daarna richtte Anna haar blik op de horizon. Ze hadden de haven bijna verlaten en de Middellandse Zee kwam in zicht, blauw en uitgestrekt.

'Als we zo meteen naar rechts varen, kun je Formentera al zien liggen', wees Emilio. 'Ik wilde er eigenlijk meteen naartoe varen en dan daar gaan zwemmen.'

Anna knikte. 'Klinkt goed.'

Even later boog de boot inderdaad af in de richting van het kleine eiland. Silvio dook op in de stuurhut en Emilio wenkte hem. 'Neem jij het over? Roep me als er iets is. Kom mee.' Dat laatste was voor Anna bedoeld, die hem volgde naar beneden en naar buiten.

'Tijd om te zonnen', zei Emilio. Hij trok zijn shirt uit en spreidde twee handdoeken uit op het dek. Ciska en Antonio lagen er al. Anna zag dat haar vriendin een flesje in haar hand had met daarin een mixdrankje van het soort dat ze al jaren niet meer dronken. Ze grinnikte half en zond Ciska een wat cynische blik, maar die pikte haar vriendin niet op.

Anna voelde Emilio's blik op zich gericht toen ze haar jurkje uittrok en naast hem plaatsnam op de handdoek. Hij deed ook weinig moeite die te verbergen. Anna ging op haar rug liggen en strekte zich uit. Hoewel het er wel erg dik bovenop lag, moest ze toegeven dat ze de aandacht niet onprettig vond. Het was lang geleden dat iemand zo naar haar had gekeken als Emilio nu deed. De bewondering deed haar goed.

Ze haalde een fles zonnebrand uit haar tas en was er nog niet over uit of het te cliché was om Emilio haar rug te laten insmeren, toen Ciska rechtop ging zitten en haar aankeek. 'Hoe was het eigenlijk met die politieman?'

Anna keek even naar Emilio en Antonio en probeerde met haar ogen te seinen dat ze het later wel zou vertellen, maar ze zag dat de interesse van de twee mannen was gewekt. 'Goed', zei ze wat ontwijkend.

'Heb je problemen met de politie?' vroeg Emilio. Zijn vraag klonk neutraal, niet bevreemd.

Anna schudde haar hoofd. 'Nee joh, nee. Geen problemen.'

'Anna is iets op het spoor', zei Ciska grinnikend. 'Net *CSI*.'

De anderen lachten, er werden nieuwsgierige blikken op haar geworpen. Anna keek naar het drankje in Ciska's hand. Ze wist niet hoeveel alcohol erin zat, maar Ciska leek al aangeschoten. Ze slikte en probeerde haar irritatie over het gedrag van haar vriendin niet te laten merken.

'Wat dan?' vroeg Antonio. Hij lag op zijn rug op zijn handdoek en draaide alleen zijn gezicht haar kant op. Door zijn glimmende zonnebril kon Anna niet zien of zijn ogen open of gesloten waren.

'O, niks', zei ze nonchalant.

'Haar zusje', beantwoordde Ciska echter de vraag. 'Ze is verdronken, hier op Ibiza.'

Nu richtte Antonio zich wel op op zijn ellebogen. 'Wat erg.'

Anna knikte, maar schudde daarna ook haar hoofd. 'Het is al lang geleden.'

'Hoe oud was ze?'

'Negen.'

Geen van de mannen zei iets, waardoor er een ongemakkelijke stilte viel. Uiteindelijk verbrak Emilio de stilte. 'Verschrikkelijk. Maar waarom ga je nu naar de politie als het al lang geleden is?'

Anna nam de laatste slok van haar water en legde het flesje naast haar handdoek. Vrijwel meteen stond er iemand voor haar met een ander drankje. Iets roods in een glazen flesje. Op het etiket zag ze dansende aardbeien, hoewel het haar geen vruchtensapje leek. Ze pakte het aan en nam voorzichtig een slokje. Het smaakte zoet.

'Niets', zei ze nog maar eens.

In de stilte die viel keek ze uit over het water, dat zich rimpelend en schijnbaar eindeloos voor de boot uitstrekte. Ze dacht aan het gesprek met de politieman. Ze had iets geraakt bij hem, dat had ze heus wel gezien. Een vluchtig moment, meer was het niet. En het was moeilijk om er conclusies aan te verbinden. Ze kende Julian Bossa amper, dus hoe moest ze weten wat er in hem omging? Maar waar ze had gehoopt dat het gesprek antwoorden zou brengen, had het alleen maar meer vragen gebracht.

'Ben je wijzer geworden van het gesprek?' vroeg Ciska, die blijkbaar niet doorhad dat Anna het onderwerp liever liet rusten. 'Kon hij je vragen beantwoorden?'

Anna knikte een beetje. 'Meneer Bossa gaat wat dingen uitzoeken voor me.'

Emilio keek weer opzij, zijn wenkbrauwen licht opgetrokken. 'Wat wil je dan weten?'

Anna nam een slok van haar drankje om zichzelf wat tijd te gunnen voor het antwoord. 'Algemene dingen', zei ze toen. 'Toen mijn zusje was verdronken heeft de politie natuurlijk onderzoek gedaan. Ik heb een paar vragen, dus de politieman met wie ik een gesprek had, gaat proberen of hij die kan beantwoorden.' Ze liet het politierapport onvermeld. Julian Bossa had duidelijk gemaakt dat dat geen openbare informatie was, maar dat hij misschien iets kon regelen. Het leek haar geen goed idee om Jan en alleman erover te vertellen.

Emilio bracht zijn flesje naar zijn mond, maar nam geen slok. In plaats daarvan richtte hij zijn blik recht vooruit. 'Denk je dat het onderzoek niet goed is gedaan?'

'Zou mij niks verbazen.' Dat was Antonio, die blijkbaar had meegeluisterd. 'De politie doet maar wat. Anders hadden ze mij laatst niet staande gehouden. Zo hard reed ik niet.'

'Je reed veertig kilometer per uur te hard', zei Emilio meesmuilend. Anna was blij dat de aandacht van haarzelf was afgeleid.

'Dat is maar net hoe je het meet.'

'Met een snelheidsmeter.'

'Ach.' Antonio maakte een wegwerpgebaar. 'Er zijn zoveel zaken op dit eiland waar de politie zich mee bezig zou moeten houden. In plaats daarvan gaan ze onschuldige burgers vangen.'

'Tuurlijk.' Emilio, die op zijn zij was gaan liggen, draaide zich nu grinnikend terug op zijn rug. 'Jij deed natuurlijk weer niks.'

Antonio sputterde nog wat, maar maakte zich toen drukker om een groot zeiljacht dat hij in de verte zag. Hij stond op en hing zowat over de reling om de boot beter te kunnen bekijken. Ciska volgde zijn voorbeeld. Toen ze naast elkaar stonden legde Antonio zijn hand op haar rug. Anna trok licht haar wenkbrauwen op, maar ze zei niets. De springerige Spanjaard met iets te veel temperament naar haar smaak was normaal gesproken niet het type waar Ciska op zou vallen. Maar blijkbaar zag ze iets in hem, want haar hele houding straalde uit dat die hand daar best mocht blijven liggen, ook toen Antonio hem lager liet zakken.

Anna keek naar Emilio, die zijn interesse voor zijn vriend had verloren en opnieuw zijn blik naar de horizon had gericht. Waar Antonio nogal veel praatte, deed Emilio dat juist vrij weinig. Dat beviel haar wel, al was het moeilijk om hoogte te krijgen van hem. Om zichzelf een houding te geven nam Anna nog een slok van het te zoete drankje. Tot haar verbazing merkte ze dat het flesje leeg was. Ze liet zich achteroverzakken op haar handdoek en sloot haar ogen, terwijl het zonlicht haar verwarmde. Met haar ogen dicht voelde ze Emilio's blik zwaar op zich gericht.

# Hoofdstuk 7

ANNA HAD GEEN IDEE WAAR HET ETEN VANDAAN KWAM, maar ineens stond het voor haar neus. Een bord met gegrilde sardientjes en wat salade, een glas wijn ernaast. Ze keek er wat verbaasd naar. De jongeman die het had gebracht liep meteen weer weg.

'Bedankt, Pedro!' riep Emilio hem na.

Anna keek op. 'Is er een kok aan boord?'

Emilio schokschouderde, hoewel de nonchalance in dat gebaar gespeeld leek. 'Ik dacht dat iedereen wel zin had in wat tapas.'

Anna grinnikte. 'Ik wel.'

Ze hadden de hele middag op Formentera doorgebracht en toen het tegen zevenen liep, had Emilio voorgesteld om weer terug te varen naar Ibiza. Inmiddels was het halfacht en dobberde de boot stil in het water, ergens tussen de twee eilanden in. De zon stond laag maar was nog steeds heerlijk warm en de boot deinde aangenaam rustig. Anna keek genietend om zich heen. 'Wat een mooie plek.'

'Ik vaar hier wel vaker naartoe. Het is een van mijn lievelingsplekken op zee.' Emilio keek haar aan. Er was iets in zijn blik wat ze niet kon thuisbrengen. Hij leek onzeker, wat ze ergens wel aandoenlijk vond voor iemand die genoeg reden had om over te lopen van zelfvertrouwen.

Even gleden haar gedachten terug naar vanmiddag. Nadat ze hadden afgemeerd in de haven van Formentera, waren ze gaan lunchen bij een restaurant. Daarna waren ze naar het strand gegaan, waar ze in de zon hadden gelegen en van het water hadden genoten. Ze had Ciska het ene drankje na het andere zien wegtikken en zelf had ze ook een paar wijntjes gehad, maar gelukkig had ze genoeg water gedronken om zich nu niet dronken te voelen.

Aan het einde van de middag, toen het strand meer en meer leeg was gelopen, en uiteindelijk alleen hun groepje was overgebleven, was ze met Emilio langs de waterlijn gaan lopen. Op een stille plek, weg van de groep, hadden ze hun zoen van de vorige keer herhaald. Emilio's handen waren overal geweest en bijna had Anna zich laten meeslepen in wat hij overduidelijk van plan was, maar toen had ze zich voorzichtig losgemaakt. Ze vond hem aantrekkelijk, maar wilde zich niet op die manier in een vakantieliefde storten. Gelukkig had Emilio dat zonder woorden meteen geaccepteerd.

Anna keek om zich heen. Ze waren nu alleen op het voordek. Vanaf de achterkant van de boot klonk muziek en gelach en ze had een vermoeden waar Ciska was. Zelf had ze nu even geen zin om zich bij de rest te voegen. Misschien later.

'Hé.' Emilio was een stukje opgeschoven en zat nu dicht bij haar. Anna prikte een sardientje aan haar vork. Emilio legde zijn hand op haar arm en haar eigen hand stokte onderweg naar haar mond. Zijn stem klonk zacht. 'Is er iets met je?'

'Hoezo?' vroeg Anna ongemakkelijk. Ze stopte de vis alsnog in haar mond en kauwde er langer op dan nodig.

Emilio haalde zijn hand weg. 'Niks', zei hij met een licht hoofdschudden. 'Laat maar. Het viel me alleen op dat je vandaag nogal stil bent.'

Anna keek voor zich uit. 'Sorry, ik wilde niet ongezellig zijn.'

'Nee, nee, zo bedoel ik het niet. Ik was alleen bang dat je het misschien niet leuk vindt hier.' Hij verplaatste zijn hand van haar arm naar haar been, waar hij warm en zwaar voelde. 'Dat zou ik vervelend vinden.'

'Nee hoor.' Anna prikte nog een visje aan haar vork. Het gebaar was vooral bedoeld om zichzelf een houding te geven. Uiteindelijk haalde ze kort haar schouders op. 'Het ligt niet aan jou. Ik heb een beetje veel aan mijn hoofd.'

Emilio deed geen moeite om de stilte die viel te verbreken. Anna tuurde naar de horizon. De boot lag nu stil en deinde zacht op de golven. Er stond een zuchtje wind, dat de zon aangenaam verkoelde.

Emilio keek haar weer aan. 'Wil je erover praten?'

Anna nam een slok wijn. 'Niet echt', zei ze, maar toen ze die woorden uitsprak klonken ze meer afwijzend dan ze ze had bedoeld. Daarom haalde ze diep adem en voegde eraan toe: 'Het heeft niks met jou te maken. Ik ben het huis van mijn ouders aan het opruimen, omdat ik het wil verhuren. Mijn ouders zijn overleden.'

'O.' Emilio keek haar aan. 'Wat erg.'

Anna knikte half. 'Mijn moeder al een paar jaar geleden en mijn vader onlangs. Maar hij was dement, hij was er al een paar jaar niet echt meer.'

'Ik kan me voorstellen dat het toch heftig is om het huis te moeten opruimen.'

Anna tuitte haar lippen en richtte haar blik voor zich uit, over zee. 'Het doet me ook goed. Dit huis is zo verbonden met mijn ouders, met onze familie. Ik vind het fijn om te doen.'

Er viel weer een stilte. Anna bleef over zee uitkijken, Emilio had zijn blik ook op het water gericht. Uiteindelijk schraapte hij zijn keel. 'Komt het door het gesprek van vanochtend?'

Anna keek op. 'Wat bedoel je?'

'Dat je veel aan je hoofd hebt. Je hoeft het me natuurlijk niet te vertellen, maar het klonk best heftig.'

Anna haalde haar schouders op. Ze wilde al nee schudden, maar uiteindelijk zei ze: 'Het blijft wel in mijn hoofd zitten, ja.'

'Hoe oud was jij toen je zusje verdronk?'

'Elf.'

'Dat moet gruwelijk zijn geweest.'

Anna glimlachte half en knikte. 'Dat kun je wel stellen.'

'Dan is het toch ook niet vreemd dat het je bezighoudt?' Emilio hield zijn hoofd schuin. 'Zeker nu je ouders zijn overleden. Ik kan me voorstellen dat het een enorme stempel op je jeugd heeft gedrukt.'

Anna richtte haar blik opnieuw op de horizon. 'Dat is zo. We gingen nog steeds ieder jaar naar Ibiza, maar er was wel iets veranderd. Mijn ouders deden hard hun best om de vakanties leuk te maken, maar het verdriet was er altijd.' Met haar vork bewoog ze de overige visjes over het bord. 'Dat gold in Nederland ook, maar hier merkte je het altijd extra. Ook al werd meteen die zomer het zwembad dichtgegooid.'

Emilio fronste. 'Wilden ze zelfs geen zwembad meer in de tuin?'

'Niet op die plek. Het lag er altijd al vreemd, uit het zicht van het terras. Hoewel het natuurlijk ironisch is dat Yara verdronk terwijl ze allang een zwemdiploma had.'

Emilio ging verzitten. Hij schraapte zijn keel en aarzelde. Toen haalde hij diep adem. 'Maar hoe kwam het dan dat ze verdronk, als ze kon zwemmen?' Meteen na zijn vraag kwam zijn verontschuldiging. 'Sorry, misschien wil je er niets over zeggen. Dat begrijp ik.'

Anna schudde haar hoofd. 'Het geeft niet. Het is een logische vraag, al heb ik mezelf die gek genoeg in al die jaren nooit gesteld. Het was immers een ongeluk.'

Emilio knikte zonder iets te zeggen. Anna beet op haar lip. 'Ik heb pas deze week gehoord wat de echte oorzaak van haar dood was.'

'Werkelijk?' Emilio keek verwonderd. 'Verdrinking, zei je toch net?'

'Dat dacht ik altijd, maar mijn broer vertelde me dat ze is overleden aan hartfalen. Terwijl ze nooit hartproblemen had.'

'O.' Emilio liet die informatie even op zich inwerken. 'Hoe hebben ze dat ontdekt dan?'

'Een patholoog heeft sectie gedaan op haar lichaam.'

'Tja.' Emilio knikte wat en leek niet goed te weten wat hij moest zeggen. 'Dat zal een schok voor je geweest zijn.'

'Dat zeker', zei Anna. 'Ze was hartstikke gezond. Ze was de snelste van de klas met gym, kon paardrijden als de beste. We hebben nooit iets aan haar gemerkt.'

Emilio draaide zijn hoofd en kneep zijn ogen samen. 'Ik ken ook iemand die dat is overkomen.'

Anna nam nog een slok wijn en stelde een beetje verbaasd vast dat haar glas alweer leeg was. 'Ik vind het ook stom van mezelf dat ik dit nooit heb bedacht toen ik het nog aan mijn ouders kon vragen.' Ze beet op haar onderlip. 'Daarom ging ik ook met de politie praten. Of eigenlijk een oud-politieman, een kennis van mijn vader. Ik moet het gewoon kunnen afsluiten.'

Emilio nam een slok uit zijn bierflesje. 'Zou die man na al die jaren nog weten hoe het onderzoek is gegaan?'

'Tja.' Anna glimlachte half. 'Ik hoop het.' Ze knipperde een paar keer. 'Al zei hij ook dat ik het moet loslaten, maar zo makkelijk vind ik dat nu niet.'

Emilio dacht na, zo lang dat Anna zich afvroeg of hij in zijn hoofd al was afgehaakt bij het onderwerp. 'Ik begrijp het wel', zei hij uiteindelijk. 'Als je de antwoorden hebt, kun je het vast beter geloven.'

'Precies. Al weet ik maar de naam van de hartkwaal, dan kan ik het in mijn hoofd misschien rijmen. Nu is het vaag en ongrijpbaar en lukt het me niet om het af te sluiten, ook omdat...' Haast automatisch had ze verder gepraat, maar ze dwong zichzelf midden in die zin te stoppen. Ze wilde niet allerlei complottheorieën gaan spuien, terwijl ze zelf niet eens precies wist wat ze ervan moest denken. Het gevonden kettinkje mocht haarzelf dan vreemd voorkomen, voor Emilio zou het misschien klinken alsof ze een eigen versie van *CSI* probeerde na te spelen.

'Omdat wat?' vroeg hij, verwonderd doordat ze ineens stilviel.

'O, niks...' Anna wuifde de vraag weg. 'Omdat ik aan het opruimen ben', verzon ze toen snel. 'Nu ik zo bezig ben met het huis van mijn ouders, komen er natuurlijk allerlei herinneringen terug. Er komen allerlei spullen voorbij die me aan Yara doen denken en natuurlijk hadden mijn ouders veel foto's van haar in het huis hangen.'

Emilio knikte zonder iets te zeggen. Anna stopte nog een hap in haar mond, kauwde en zei toen: 'Twee huizen in één jaar opruimen is iets te veel van het goede. Voor mijn gevoel zit ik op een eindeloze memory lane.'

'Dat kan ik me voorstellen.' Emilio keek haar aan. 'Waar is het huis van je ouders eigenlijk?'

'Net buiten Sant Antoni de Portmany.' Ze noemde de naam van de weg, maar Emilio schudde zijn hoofd. 'Ken ik niet.'

'Waar ben jij opgegroeid?'

'Overal en nergens.'

Anna fronste bij het vage antwoord, maar toen ze om verduidelijking wilde vragen, was Emilio's aandacht al afgeleid. Hij keek langs haar heen en Anna draaide haar hoofd om zijn blik te volgen. Ze had helemaal niet gemerkt dat Antonio er stond. Hij had zijn armen over elkaar gevouwen en staarde uit over zee. Ciska was nergens te bekennen.

Antonio zei iets wat Anna niet kon verstaan en daarna stond Emilio op. Samen verdwenen ze en Anna bleef in haar eentje achter op het dek.

Ze keek naar haar glas, dat tot haar verbazing weer was bijgevuld, maar liet het staan. In plaats daarvan liep ze met haar flesje water naar de voorsteven. Met haar buik leunde ze tegen de reling. Ze dacht aan het gesprek met Emilio. Het voelde gek genoeg alsof ze hem al langer kende. Er was een vertrouwdheid die ze niet snel voelde bij mensen.

'Annie!'

Nog voordat ze omkeek, hoorde ze aan Ciska's stem al dat de alcohol zijn werk behoorlijk had gedaan. Anna fronste en draaide toen toch haar hoofd. 'Annie?'

'Hoi.' Het volgende moment hing Ciska om haar nek. De alcohol was inderdaad niet te negeren. Nu had ze weer een flesje Corona in haar hand. Anna wilde vragen of haar vriendin niet wat rustiger aan kon doen met de drank, maar ze deed het niet.

'Hier.' In haar andere hand hield Ciska een tweede, vol flesje. 'Voor jou.'

'Dank je, maar ik heb wijn.' Anna maakte een handgebaar naar haar glas dat verderop stond. 'Bovendien doe ik het even rustig aan, als je het niet erg vindt.'

'Wat jij wil.' Ciska zette het biertje op de grond, maar het rolde meteen om. Het goudgele vocht sijpelde over het dek. Ze leek het zelf niet te merken. 'Wat een heerlijke dag', zei ze, haar ogen gesloten, haar gezicht naar de zon gedraaid. Het volgende moment schoten haar ogen echter weer open en leunde ze naar Anna toe. 'Weet je trouwens van wie deze boot is?' vroeg ze, haar stem vol opwinding.

Anna knikte. 'Ja.'

Ciska leek haar niet te hebben gehoord en wees met haar duim in de richting van de stuurhut. Ze had waarschijnlijk in gedachten het gebaar onopvallend te maken, maar het leek alsof haar hand uitschoot door de alcohol. 'Eigendom van jouw vriendje daar.'

Anna glimlachte. 'Ik weet het. Hij heeft het me verteld.'

'Deze moet je houden, An.' Ciska keek haar aan met grote ogen. 'Volgens mij is hij loaded.'

'Zegt degene die altijd beweert niks om geld te geven.'

'Doe ik ook niet, maar een rijke man maakt het leven wel een stukje makkelijker.' Ciska grijnsde. 'Zeker als die rijke man een boot heeft.'

Anna moest lachen. 'Ik zal er eens over nadenken.'

'Maar serieus, hij is echt geweldig. Bijna net zo knap als Antonio.'

Anna's blik gleed langs Ciska naar Antonio, die met een van de vrouwen stond te praten. Ze realiseerde zich dat ze hem nog niet één keer zonder zijn zonnebril had gezien. Ergens verbaasde het haar dat Ciska zo voor hem viel, al zou het ongetwijfeld alleen voor de duur van de vakantie zijn. Maar dan nog, Antonio was alles wat Ciska niet zocht in een man: te macho, te breed, te overtuigd van zichzelf.

Anna keek nog eens naar haar vriendin, die nu iets riep naar de vrouwen. Het was waarschijnlijk bedoeld als Spaans, maar Anna kon het niet ontcijferen. Ze kneep haar ogen samen en keek nog eens goed naar Ciska en ineens besefte ze het.

'Cis', zei ze, terwijl ze haar vriendin bij haar arm pakte. Ze keek haar recht aan. Ciska's blik was opgefokt, haar pupillen wijd. 'Heb jij...'

'Hm-hm.' Ciska grinnikte en knikte. 'Het is jaren geleden dat ik het heb gedaan, maar ineens had ik zin om tot vanavond laat te dansen. Het is goed spul, dat heeft Antonio me verzekerd.'

Anna haalde diep adem. Ze wist niet goed wat ze moest zeggen, behalve dat ze het niet fijn vond dat Ciska zomaar drugs had aangepakt van iemand die ze amper kende. 'Als je het maar bij één houdt', zei ze. 'Dat lijkt me wel genoeg.'

Ciska gaf geen antwoord, maar giechelde in plaats daarvan. Iemand had de muziekinstallatie naar het voordek verplaatst en plotseling klonk er een bonkend nummer. Meteen begon Ciska te dansen, het volgende moment klom ze bijna in Antonio. Anna keek naar de andere vrouwen en durfde niet te zeggen of die ook drugs hadden gebruikt, al had het er alle schijn van. Ze zag Antonio in haar richting kijken en daarna iets tegen Ciska zeggen. Haar vriendin richtte haar blik ook op Anna, vluchtig, en daarna keek ze Antonio aan en schudde haar hoofd.

Ineens dook Emilio weer naast haar op. In zijn hand had hij een cocktailglas met een rode vloeistof en een vrolijk parapluutje. 'Cosmopolitan?'

Anna glimlachte. 'Lekker.'

'Wil je dansen?'

Anna nam een slok van het drankje. 'Waarom niet?' zei ze toen en zette het glas aan de kant, om het daarna meteen weer te pakken en nog een slok te nemen. Het bonken maakte plaats voor iets ritmisch en toen Emilio dicht bij haar danste, voelde ze zijn heupen tegen de hare en zijn hand op haar rug. Ze liet zich meer en meer meeslepen door de muziek, pakte een nieuwe cocktail aan toen haar glas leeg was en dacht dat ze nooit meer zou stoppen met dansen.

Het eerste wat ze zag toen ze haar ogen opendeed, was de digitale klok naast haar bed. 10.23 uur. Anna knipperde. Het was lang geleden dat ze voor het laatst op dit tijdstip wakker was geworden. Ze legde haar hoofd terug op het kussen en haalde diep adem. Een vaag kloppend gevoel in haar achterhoofd verraadde dat ze gisteren het een en ander had gedronken, maar een kater kon je het niet noemen. Ze was blij dat ze niet met de anderen mee was gegaan naar de club.

Ze glimlachte half. Vroeger zou ze er niet over hebben gepiekerd om af te haken en zeker niet om middernacht al. Maar tegenwoordig had ze geen behoefte meer aan ellenlange stapnachten en de hele dag erna brak in bed liggen. Ze had een heerlijke dag gehad, maar vond het op een gegeven moment welletjes en ondanks protest van de anderen was ze met de taxi naar huis gegaan. Iets waar ze al helemaal geen spijt meer van had toen ze overeind kwam en zelfs het zware gevoel in haar achterhoofd vrij snel verdween.

Ze vroeg zich af hoe het met Ciska was. Haar vriendin was wel meegegaan naar de club. Anna meende dat ze haar thuis had horen komen, maar ze wist het niet eens echt zeker. Zo midden in het partyseizoen bestond er, als je echt wilde, geen eindtijd. Anna grimaste. Ze was blij dat die jaren achter haar lagen. Tegenwoordig werd ze liever 's ochtends vroeg gewekt door Sem dan dat ze uitsliep na een wilde nacht. Die gedachte maakte een licht gevoel van heimwee bij haar los. Ze wilde dat haar zoon hier was.

Ze pakte haar telefoon van het nachtkastje, maar die was uitgevallen. Snel plugde ze de lader in en wachtte tot het schermpje weer tot leven kwam. Ze ontgrendelde het toestel en bedacht met enig schuldgevoel dat ze al sinds gistermiddag niks meer van zich had laten horen aan Sem. Gisteravond hadden ze niet gefacetimed. Pieter had geappt dat Sem zo moe was van de hele dag spelen op het strand dat hij al om halfzeven stond te tollen van de slaap. En of ze het goed vond om een keer over te slaan. Dat kwam wel mooi uit, want Anna had zich al afgevraagd of het zou opvallen dat ze had gedronken. Ze wilde niet dat Sem iets raars aan haar merkte.

Zodra haar telefoon verbinding kreeg met het netwerk, kwamen er berichtjes binnen. Een gemiste oproep van Pieter, twee appjes van hem om te vragen of ze tijd had om te facetimen met Sem voor ze naar het strand gingen. Haar vinger hing al bijna boven zijn nummer om hem terug te bellen, toen er nog een berichtje binnenkwam om mee te delen dat ze een oproep had gemist terwijl haar telefoon uit stond. Ze fronste toen ze ernaar keek. In het berichtje stond dat Julian had geprobeerd haar te bellen. Zes keer.

Haar vinger trilde licht toen ze zijn nummer aantikte. Het duurde even voor er verbinding tot stand kwam, maar toen ging de telefoon over. Lang, vier keer, vijf. Uiteindelijk nam de voicemail het gesprek aan.

Anna hing op en keek nog eens verwonderd naar het berichtje. Zes keer bellen, dat deed je vast niet als je niks te vertellen had. Ze vroeg zich af wat Julian Bossa haar wilde meedelen. Even overwoog ze opnieuw te bellen, maar toen opende ze FaceTime. Hopelijk waren Pieter en Sem nog bereikbaar.

'Sem, mama is aan de telefoon!' klonk Pieters stem toen hij opnam. Anna keek naar zijn gebruinde gezicht, achter hem was de tuin van het vakantiehuisje van zijn ouders te zien. 'Hé Anna', zei hij bij wijze van begroeting en zwaaide even naar de camera.

'Hoi. Ik zag je berichtjes en hoopte dat jullie nog niet weg waren.'

'We wilden net gaan. Maar je weet hoe dat gaat: Sem moest per se een andere zwembroek aan, er zijn slippers kwijt en we hadden een discussie over insmeren.' Hij grinnikte met gespeelde wanhoop op zijn gezicht. 'Dus we zijn nog niet weg.'

Anna lachte ook. 'Ik dacht dat jij als modelopvoeder dat soort problemen niet had.'

'Noem me maar modelopvoeder.' Pieter grinnikte. 'Het is al een paar dagen geleden dat Sem een maaltijd met ongeveer de aanbevolen hoeveelheid groente heeft gehad.'

Anna haalde haar schouders op. 'Het is vakantie.'

'Wacht, ik roep hem even. Sem!'

Terwijl Pieter uit beeld verdween om hun zoon te gaan halen, bedacht Anna dat het eigenlijk wel waar was. Pieter was altijd een modelopvoeder geweest. Ze vond het allang niet meer moeilijk om toe te geven dat hij daarin eigenlijk beter was dan zij. Hij bleef altijd rustig en redelijk naar Sem toe, waar Anna zich soms liet meeslepen door haar eigen emoties of vermoeidheid. Oké, zijn rust en stabiliteit waren toen ze jonger was, binnen hun relatie voor haar ook soms een bron van irritatie geweest. Inmiddels was ze gekalmeerd, maar destijds wilde ze reuring, de hort op, leven. Ze zou haar zoon nooit, echt nooit willen missen, maar ergens was het gezinsleven voor haar te vroeg gekomen. Misschien was het wel een van de redenen dat het tussen Pieter en haar was geklapt. Niet voor het eerst bedacht ze dat hun relatie misschien wel had standgehouden als ze later bij elkaar waren gekomen. Maar achteraf praten was natuurlijk altijd makkelijk.

'Mama!' Sem verscheen vol in beeld en haalde haar uit haar gedachten. 'Kijk!' Hij bewoog de telefoon en het beeld schudde woest. 'Papa heeft een surfplank voor me gekocht!'

De telefoon ging alle kanten op, maar Anna ontwaarde uiteindelijk een felgekleurd bodyboard. Sem hield zijn arm omhoog en liet trots het bandje zien waarmee het board aan zijn pols was bevestigd. 'En zo meteen gaan we surfen.'

'Wat leuk, schat. Een echte surfplank!'

'Ja, maar ik ben al acht, hè mam. Volgens papa kan je dan prima leren surfen.'

'Dat denk ik ook, lieverd.'

'We gaan nu, mam. Doei!'

'Dag schat!' riep Anna nog, maar ze had niet de indruk dat Sem haar hoorde. Het volgende moment verbrak haar zoontje de verbinding. Ineens was het stil. En wenste Anna heel even dat ze daar was in plaats van op Ibiza.

Dat gevoel verdween naar de achtergrond doordat haar telefoon vrijwel meteen opnieuw ging. Een Spaans nummer. Verwonderd nam ze op, haar naam uitgesproken als vraag. 'Anna de Kee?'

'Hallo?' zei een mannenstem in het Spaans.

Anna fronste. 'Eh... hallo?' antwoordde ze, omdat ze zo snel even niet wist wat ze moest zeggen. 'Wie is dit?'

'U spreekt met Javier Bossa. Met wie spreek ik?'

Anna had moeite om zich te richten op wat de man zei. 'Sorry, ik weet niet wie u bent', zei ze, hoewel zijn naam wel iets bekends had.

'Javier Bossa. U heeft net naar de telefoon van mijn vader gebeld, Julian Bossa.'

Anna begon te knikken. 'O, ja. Ja, dat klopt. Hij had geprobeerd mij te bereiken en daarom belde ik terug.' Ze fronste even. 'Maar ik weet niet...'

‘Ik zag dat hij u zes keer heeft gebeld’, zei de man, zijn Spaanse accent duidelijk hoorbaar in zijn Engels.

Anna kneep haar ogen samen. Ze vroeg zich af of ze misschien toch nog niet helemaal helder was en of ze dit daarom een vreemd gesprek vond. ‘Ja. Dus ik belde terug, maar toen kreeg ik de voicemail en nu heb ik u aan de lijn.’ Ze zweeg even. ‘Kan ik uw vader spreken?’

‘Nee, eh...’ De man leek zelf ook niet goed te weten wat hij met het gesprek aan moest. ‘Nee, dat gaat niet.’

‘Waarom niet?’

Stilte aan de andere kant van de lijn, gevolgd door het begin van een woord en daarna weer stilte. Uiteindelijk hoorde ze ademhaling die zich verdiepte en toen zei de man: ‘Omdat mijn vader momenteel in coma ligt.’

Even dacht Anna dat ze het verkeerd had verstaan. Ze wilde al vragen om herhaling, maar het besef dat de woorden niet voor tweeërlei uitleg vatbaar waren, weerhield haar daarvan. ‘C-coma?’ vroeg ze stamelend. ‘Wat verschrikkelijk.’

‘Ja.’ Nu pas hoorde Anna dat de man aangeslagen klonk. ‘Hij heeft een ongeluk gehad.’

Anna wist niet wat ze moest zeggen. In plaats daarvan haalde ze diep adem. ‘Wat erg’, zei ze toen maar, al klonken die woorden loos. Ergens in haar hoofd begon zich een beeld te vormen en daarmee vormde zich tegelijkertijd een bal in haar maag. ‘Wat is er gebeurd?’ vroeg ze zacht.

‘Hij is gistermiddag met hoge snelheid door een auto aangereden. De automobilist is doorgereden. Mijn vader is meteen geopereerd en wordt nu in slaap gehouden.’

‘Heeft hij... Gaat hij...’ Anna wilde haar vraag afmaken,

maar ze wist niet hoe. Alles wat ze kon bedenken klonk veel te cru.

'We weten het niet', zei de man. 'Het is afwachten.'

'Wat vreselijk', herhaalde Anna nog maar eens. De bal in haar maag werd groter en maakte haar misselijk. 'Ik weet gewoon niet wat ik moet zeggen.'

'Misschien zou u kunnen vertellen waarom mijn vader u vlak voor het ongeluk zes keer heeft gebeld?'

Anna's adem stokte. De woorden overvielen haar. 'D-dat weet ik niet.'

'Zo te zien is het niet één keer tot een gesprek gekomen.'

Anna keek met grote ogen voor zich uit. Ze voelde hoe haar handen begonnen te trillen. 'Mijn telefoon was uitgevallen', zei ze bij wijze van verklaring voor het niet tot stand komen van een gesprek.

'Maar waarom moest mijn vader u zo dringend spreken?'

'Ik eh...' Anna slikte. 'Ik heb gisteren koffie met hem gedronken. Hij zou iets voor me uitzoeken.'

'Wat dan?'

Anna likte aan haar droge lippen. 'Ik...' begon ze opnieuw, maar de zin liet zich niet vormen. Haar keel deed pijn en toen ze slikte, proefde ze iets zuurs. 'Ik weet het niet. Misschien eh... Misschien kan ik dat beter persoonlijk vertellen.'

Ze wist zelf eigenlijk niet goed waarom ze het zei. Vaag verwachtte ze dat de man zou protesteren, maar dat deed hij niet. In plaats daarvan zei hij dat hij bij zijn vader in het ziekenhuis in Ibiza-Stad was en dat ze dit nummer moest bellen als ze er bijna was. 'Ik ben er binnen een uur', zei Anna. Daarna belde ze een taxi om haar naar haar auto te brengen die nog in Ibiza-Stad stond.

Ze nam een douche, trok een jurk uit de kast en ontbeet met een glas water en een banaan. Ciska was nergens te bekennen. Anna luisterde even voor de deur van haar slaapkamer, maar het was stil.

De taxi kwam en ze stapte in. De zon brandde weer hoog aan de hemel en het was druk op de weg.

*Waarom moest mijn vader u zo dringend spreken,* hoorde ze keer op keer de stem van Julian Bossa's zoon weer in haar hoofd. Anna haalde diep adem. Het was precies die vraag waarop ze zelf ook graag antwoord wilde.

In de stad was het nog drukker en de taxichauffeur manoeuvreerde moeizaam door het verkeer. Toen ze bij de auto waren stapte Anna uit en door hetzelfde drukke verkeer reed ze langzaam naar het ziekenhuis aan de rand van de stad. Uiteindelijk parkeerde Anna haar auto in de garage en terwijl ze naar de ingang liep, belde ze het nummer van Javier Bossa weer. Hij nam vrijwel meteen op. 'Ik zie je zo in de hal', zei hij.

Het was niet moeilijk hem eruit te pikken, zag Anna meteen. Javier Bossa was een exacte kopie van zijn vader, maar dan langer, dertig jaar jonger en met meer haar. Anna stak haar hand op en hij knikte in haar richting.

'Javier', zei hij toen ze zich aan hem had voorgesteld. Hij gebaarde in de richting van een kleine koffiebar. 'Zullen we hier even wat drinken?'

Ergens voelde Anna opluchting dat ze niet naar de afdeling gingen. Ze bood aan om de koffie te halen terwijl Julians zoon een vrij tafeltje zocht. Toen zij met twee espresso aankwam, zat hij aan een raamtafel.

'Wat verschrikkelijk van je vader', zei Anna.

'Ja.' Javier streek over zijn kin, waar een beginnende baard zich aftekende. Hij nam een slokje van zijn koffie, maar brandde zich blijkbaar en zette het papieren bekertje neer. 'Ik kan het nog bijna niet geloven. Volgens de dokter heeft hij geluk dat hij op dit moment überhaupt leeft. Door de klap is er een zwelling in zijn hersenen ontstaan en met een operatie hebben ze gisteren meteen geprobeerd de druk in zijn schedel te verlichten. Nu moeten we afwachten of dat lukt.'

Anna schudde zacht met haar hoofd. 'Het is zo'n aardige man', zei ze, alsof ze daarmee een zeker onrecht wilde benadrukken.

Javier knikte alleen maar. 'Mijn moeder is nu bij hem. Zij is natuurlijk ook helemaal in shock.'

'Dat kan ik me voorstellen.' Anna kneep haar ogen samen. 'Waar is het eigenlijk gebeurd?'

'Twee straten bij het huis van mijn ouders vandaan. Ik begrijp er niks van, want het is een rustige straat met normaal gesproken alleen bestemmingsverkeer. En nu ineens reed er een auto keihard voorbij, die uitweek toen hij bij mijn vader was.'

'Dus de automobilist heeft nog geprobeerd hem te omzeilen?'

'Nee.' Javier schudde zijn hoofd. In zijn blik waren de vraagtekens bijna te lezen. 'Juist niet. Hij week uit toen hij vlak naast mijn vader was en raakte hem toen vol. Mijn vader kon nog net een klein stukje opzijspringen, anders was hij er waarschijnlijk nog erger aan toe geweest.'

'Jeetje.' Anna beet op haar onderlip. Ze wilde nog iets zeggen, maar kon alleen maar clichés verzinnen.

'Verschillende getuigen hebben dit gezien, heb ik van mijn collega's begrepen. Zij hebben natuurlijk meteen een onderzoek opgestart.'

'Zit je ook bij de politie?'

Javier knikte. 'Ik was aan het werk toen ik werd gebeld.'

'En de automobilist is doorgereden?'

'Ja. Die heeft amper geremd toen hij mijn vader had geraakt. Het enige dat getuigen hebben gezien is dat het een grijze sportauto was. Niemand heeft het merk onthouden.' Hij schudde zijn hoofd. 'Ongelooflijk.'

'Ja.' Anna trok een rimpel in haar voorhoofd. 'Bizar.'

'Zeker.' Er lag een harde trek rond de mond van de man, vastbesloten ook. 'Maar reken maar dat we hem opsporen en erachter komen wat hij te verbergen heeft.'

Anna keek hem aan. 'Te verbergen?'

Javier haalde diep adem. 'Dat kan toch niet anders? Een normaal mens zou meteen stoppen na een aanrijding.'

Anna dacht na. 'Misschien had hij gedronken.'

'Zou kunnen.' Javier ging verzitten. 'Vanochtend zat ik naast het bed van mijn vader en keek ik in zijn telefoon. Toen viel het me op dat hij jou zes keer heeft gebeld vlak voor hij het ongeluk kreeg.'

Anna knikte en wist niet goed wat ze moest zeggen. Javier keek haar vragend aan. 'Wat moest mijn vader jou zo dringend vertellen?' herhaalde hij de vraag die hij eerder aan de telefoon had gesteld.

Anna schraapte haar keel, ging verzitten en nam een slok van de loeisterke koffie. Het vocht brandde zich een weg door haar keel, maar het verkwikkende effect van de cafeïne bleef uit. Ze had ineens moeite om zich te concentreren. 'Eerlijk gezegd: ik weet het niet. Ik heb hem de afgelopen dagen twee keer gesproken en gisteren hebben we samen koffiegedronken bij de haven.'

'Je zei dat hij iets voor je zou uitzoeken.'

'Ja, dat klopt. Maar dat gaat over iets van meer dan twintig jaar geleden.'

Javier hield zijn hoofd schuin. 'Wat dan?'

'Iets over mijn zusje.' Anna aarzelde, maar Javier bleef haar aankijken en dus vertelde ze toch maar verder. 'Zij is verdronken toen ze negen was en je vader was als rechercheur betrokken bij het onderzoek. Hij heeft contact gehouden met mijn vader, maar die is inmiddels overleden. Onlangs heb ik ontdekt dat mijn zusje niet is overleden door verdrinking, maar door een hartprobleem en daar had ik wat vragen over.'

'En mijn vader kon je daarmee helpen?'

Anna haalde diep adem. 'Hij ging het proberen, zei hij. Om te beginnen zou hij kijken of hij het politierapport uit die tijd boven tafel kon krijgen.'

'Hm.' Javier knikte een paar keer. 'Ik zag dat hij gistermiddag wat telefoontjes naar het politiebureau heeft gepleegd. En vanochtend ook. En blijkbaar wilde hij je daarna heel graag spreken.'

Anna baalde dat haar telefoon die ochtend uit had gestaan. 'Weet je ook wie hij heeft gesproken op het politiebureau? Misschien dat diegene meer weet.'

Javier nam de laatste slok van zijn koffie en schudde zijn hoofd. 'Nee, dat weet ik niet.'

'Heeft hij het niet aan jou gevraagd?'

'Nee.' Hij glimlachte, wat zijn gezicht een zachte trek gaf. 'Dat zou hij nooit doen, omdat hij weet dat hij me daarmee in een lastig parket brengt. Ik zit niet bij de recherche. Ik denk eerder dat hij een van zijn vroegere collega's heeft gevraagd.'

'Zouden die het rapport inderdaad kunnen opzoeken?'

Javier aarzelde. 'Op zich wel, maar het is een ongebruikelijk verzoek. Je kunt niet zomaar in systemen gaan lopen zoeken en allerlei rapporten inzien. Dat wordt geregistreerd.'

'Misschien heeft hij wel gewoon gezegd dat het voor mij is.'

'Dan nog is het ongebruikelijk, omdat mijn vader al met pensioen is.'

Anna knipperde een paar keer. Daarna deed ze haar mond open om iets te zeggen, maar sloot hem toch weer. Ze nam de laatste slok van haar koffie. Vervolgens haalde ze diep adem. 'Het is nu niet het belangrijkste. Het gaat erom dat je vader herstelt. Laten we maar hopen dat hij in elk geval weer bij kennis komt.' Ze pakte haar lege koffiebekertje en draaide het rond. Javier maakte aanstalten om op te staan, Anna volgde zijn voorbeeld. Bij het afscheid gaf ze hem een hand. 'Veel sterkte', zei ze. 'Ik zou het fijn vinden als je me op de hoogte zou houden.'

Toen ze naar buiten liep, kwam het zonlicht haar fel tegemoet. Ze verschoof haar zonnebril naar haar neus en bleef even staan. Het was druk voor het ziekenhuis, een oudere vrouw met haar hand om een infuuspaal botste bijna tegen Anna op. Ze mompelde een excuus, wat de vrouw niet leek te horen. Anna liep snel door. In de parkeergarage was het stil, het piepende geluid van haar zolen tegen het gladde beton klonk ongewoon hard. Op een vreemde manier voelde ze zich nerveus, al wist ze zelf niet goed waarom. Misschien kwam het door het gesprek of door de wetenschap dat Julian Bossa blijkbaar iets had ontdekt. Waarom zou hij anders zo vaak bellen?

Anna schudde haar hoofd, als om die gedachte kwijt te raken. Er waren zoveel verklaringen mogelijk. Hij had contact gehad met een of meerdere oud-collega's. Misschien waren die voor hem op zoek gegaan en hadden ze snel iets moeten weten. Misschien had Julian dat aan Anna willen vragen en irriteerde het hem dat ze niet opnam. Misschien had hij gedacht dat ze even geen bereik had of dat er iets misging met zijn eigen telefoon, omdat hij meteen de voicemail kreeg.

Ze liep in de richting van de BMW. Het klikje waarmee de auto van het slot ging toen ze op het knopje van de afstandsbediening drukte, weerkaatste tegen de muren. Vlug stapte ze in en startte de motor. Net toen ze de versnelling in z'n achteruit zette, viel haar oog erop.

Een stukje papier, slordig afgescheurd, haastig onder de ruitenwisser geklemd. Even dacht ze aan een foldertje, of misschien een parkeerboete, al had ze gewoon een kaartje uit de automaat gehaald. Toen bekroop haar een vreemd gevoel. Het begon in haar buik en verspreidde zich snel, naar haar armen, benen, zweet prikte ineens op haar rug. Ze draaide de sleutel weer om in het contact en stapte uit. Haar hand beefde licht toen ze het papier onder de ruitenwisser vandaan haalde.

Ze vouwde het open en keek naar de Spaanse woorden, hanenpoten in balpen. Ze moest een paar keer knipperen voor ze de woorden kon ontcijferen.

*Pas op, Anna. Anders ben jij de volgende.*

Met samengeknepen ogen staarde ze naar het papier, secondelang. In haar hoofd begon het te razen, maar ze kreeg geen vat op haar gedachten. Het enige wat overheerste was het idee dat dit een grap moest zijn, al viel er weinig te lachen. Want als het geen grap was, had ze geen idee wat het wel was.

Uiteindelijk maakte ze haar blik los van het papier en keek schichtig om zich heen. Ergens in de garage hoorde ze het geluid van voetstappen, weerkaatsend tegen de stenen muren. Haar handen begonnen opnieuw te beven. Vlug stapte ze in en vergrendelde de portieren. Toen met de motor ook de airconditioning tot leven kwam, rilde ze plotseling alsof ze griep had. Vanuit haar ooghoek zag ze een man lopen. Haar hart sloeg wild over en bijna gleden haar handen van het stuur. Toen dwong ze zichzelf om diep adem te halen en kalm weg te rijden. Even later verliet ze de parkeergarage. Eenmaal op straat knipperde ze tegen het zonlicht dat via de voorruit de auto binnenstroomde en ondanks haar bril pijn deed aan haar ogen.

Terwijl ze stilstond voor een stoplicht, keek ze opnieuw naar het briefje, dat nu op haar schoot lag. *De volgende...* Ze schudde haar hoofd en probeerde de gedachten die opkwamen tegen te houden. De volgende wat? In haar hoofd hoorde ze weer de stem van Javier. *De auto raakte hem vol... De dader ging ervandoor...*

In haar tas zocht ze nerveus naar haar telefoon, terwijl ze met één hand aan het stuur invoegde op de snelweg richting Sant Antoni. Ze vond het toestel, zocht het kaartje dat ze net had gekregen en toetste met trillende vingers het nummer in. Hij nam vrijwel meteen op. *'Dígame.'*

'Met Anna', zei ze. Toen het even stil bleef, begon ze te twijfelen of hij wist met wie hij sprak. Net toen ze dat wilde toelichten, antwoordde hij: 'Hai. Anna.' Ze hoorde iets vragends in zijn stem.

'Ik eh...' Ze probeerde woorden voor zichzelf op een rijtje te zetten, maar ineens leek dat niet te lukken. Haar hart bonkte nog altijd. Een auto toeterde toen ze niet genoeg ruimte liet om in te voegen en ze schrok. Ze dwong zichzelf om te kalmeren. 'Ik heb iets gevonden', zei ze toen trillend. 'Onder mijn ruitenwisser.'

'Hoe bedoel je?'

'Een briefje.' Anna slikte. 'Mijn auto stond in de parkeergarage van het ziekenhuis en iemand heeft het onder de ruitenwisser gestopt.'

'Wat voor briefje?'

Anna vertelde hem welke tekst erop stond. Het bleef even stil. Toen hoorde ze hem diep ademhalen.

'Ik weet niet wat ik ermee moet', zei Anna.

Javier gaf nog altijd geen antwoord. Anna hoorde alleen zijn ademhaling. 'Ben je er nog?' vroeg ze uiteindelijk.

'Ja', zei hij vlug. 'Ja, sorry.'

'Misschien stelt het niks voor.'

'Dat denk ik niet.'

'Maar wat is het dan? Er staat amper iets bij, ik weet niet eens waar dit over gaat.'

'Anna...' Er lag een ondertoon in Javiers stem die ze niet kon thuisbrengen. 'Ik denk dat je op dit moment moet doen wat er op dat briefje staat.'

'Hoe bedoel je?'

'Zoals ik het zeg: pas goed op. Ik weet niet goed waarom dit met mijn vader is gebeurd, maar ik durf er niet zomaar van uit te gaan dat het een ongeluk is.'

'Maar...' Anna schudde haar hoofd. 'Maar waarom zou iemand hem aanrijden en mij vervolgens waarschuwen? Ik heb niks gedaan.'

'Er spelen zaken op het eiland waar je geen weet van hebt.'

'Wat voor zaken?'

'Daar ben ik nog niet achter.'

Anna kneep gefrustreerd haar knokkels wit rond het stuur. 'Ik begrijp niet wat je bedoelt. Het enige wat ik heb gevraagd is of je vader een twintig jaar oud dossier voor me wil zoeken. Wie kan daar nou een probleem mee hebben?'

Javier was even stil. 'Dat weet ik ook niet', zei hij. 'Maar blijkbaar is er iemand voor wie dat geldt.'

Daar had Anna geen antwoord op. Javier haalde diep adem en vervolgde: 'Op dit eiland wonen een aantal mensen met veel invloed', zei hij toen. 'Invloed op de toerisme-industrie en de huizenmarkt, maar ook op de politiek en de politie. In de huidige tijd gebeurt het niet veel meer, maar er was een tijd dat belangen te veel door elkaar liepen. Niet dat alles maar kon en mocht, maar als deze mensen de fout in gingen, kwam het niet altijd tot een uitgebreid onderzoek, laat staan vervolging.'

Anna kneep haar ogen samen. 'Heb je het nu over corruptie?'

'Nee, dat niet. Eerder over de juiste vrienden op de juiste posities.'

'Maar wat heeft dat met mij te maken? Of met jouw vader?'

'Je vertelde dat het onderzoek naar de dood van je zusje erg snel werd gesloten.'

Anna knikte. 'Ja, dat klopt. Je vader vond dat ook, vertelde hij gisteren. Maar het kwam hem niet ongeloofwaardig voor.'

'Dat is het vast ook niet, maar nu mijn vader zijn licht heeft opgestoken en wat vragen over dit specifieke onderzoek heeft gesteld, gebeuren er vreemde dingen. Die auto, het ongeluk...' Hij zweeg even. 'Het idee kwam al meteen in me op, maar het was nergens op gebaseerd. Ik heb het net niet genoemd, omdat ik geen onrust wilde zaaien. Maar een ongeluk, ik geloofde het niet. Ik denk dat je dat briefje serieus moet nemen, Anna.'

Anna staarde voor zich uit en had moeite zich op de weg te concentreren. Bijna reed ze de afslag voorbij, pas op het laatste moment voegde ze uit. Een auto achter haar moest hard remmen, maar toeterde niet. Beverig keek ze in haar achteruitkijkspiegel. Het was een donkerblauwe Audi, de bestuurder droeg een zonnebril. Ineens voelde ze paniek ontstaan in haar buik.

'Denk je dat...' begon ze, maar het lukte haar niet om de vraag af te maken.

'Ik denk dat het een waarschuwing is', zei Javier. Zijn stem was kalm, wat voor Anna niet paste bij de woorden die hij uitsprak.

'Maar alleen je vader en ik weten dat hij dat dossier wil inzien', zei Anna. 'En degenen die hij binnen de politie heeft gebeld.' Ze fronste. 'Denk je dat zij...'

'Nee.' Javier klonk overtuigd. 'Ik weet inmiddels wie hij heeft gesproken en deze twee mannen zijn te vertrouwen. Weet je zeker dat er verder niemand is?'

Anna dacht na. 'Ik heb wel aan wat mensen verteld dat ik contact met je vader had omdat ik vragen heb over Yara's dood, maar ik heb nergens genoemd dat hij daadwerkelijk het dossier ging opzoeken.'

'Wie waren dat dan?'

'Wat vrienden.'

'Wat zijn hun namen?'

'Emilio', zei Anna met iets van onwil. 'Ik weet zijn achternaam niet. En Antonio. En Ciska natuurlijk', schoot haar toen te binnen. 'Mijn beste vriendin. Maar zij is zeker weten te vertrouwen.'

'Heeft zij het niet ook nog aan anderen verteld?'

'Dat lijkt me niet.'

'Weet je het zeker?'

Anna deed haar mond al open om dat te bevestigen, maar sloot hem toen toch weer. In haar hoofd hoorde ze weer Ciska's stem. *Anna heeft iets ontdekt... Net CSI...* Waar de hele zaak haar eerst niet bijzonder leek te interesseren, was ze er gisteren op de boot een aantal keer opnieuw over begonnen.

'Anna?' vroeg Javier. 'Weet je het zeker?'

Haar stem klonk wat schor toen ze toch maar zei: 'Ze heeft misschien wel verteld dat ik vragen had, maar niet dat je vader het rapport ging opzoeken. Ik heb dat expres ook niet genoemd, omdat het geen openbaar rapport is en ik weet dat hij zijn nek ervoor moest uitsteken.'

'Ik heb de achternamen van die vrienden nodig, Emilio en Antonio.'

'Maar ik denk niet...' Anna schudde haar hoofd. 'Ik ken Emilio amper, hij kent mij amper. Van mijn zusje had hij nog nooit gehoord.' Anna slikte. 'Ik kan me echt niet voorstellen dat hij er iets mee te maken heeft en met Antonio heb ik er zelfs nog minder over gesproken.'

Javier ging daar niet op in. In plaats daarvan zei hij: 'Wil je mij een foto van het briefje sturen?'

'Ja.' Anna haalde diep adem om iets te zeggen, stokte, maar deed toen alsnog haar mond open. 'Ik begrijp echt niet... Ik bedoel, het is twintig jaar geleden...'

Javier lachte opnieuw zonder vreugde. 'Ik denk dat je niet goed begrijpt hoe het op dit eiland werkt, Anna. Als mijn vader iets had ontdekt wat beter onontdekt had kunnen blijven, maakt het niet uit dat het lang geleden is.'

Met die woorden nadreunend in haar hoofd reed Anna het laatste stukje naar de villa. Ze parkeerde voor de voordeur en bleef met de motor uit achter het stuur zitten. Dankzij de airco was het koel in de auto, al was dat niet de reden dat ze rilde. Ze dacht aan Emilio en wat ze hem precies had verteld. Heel weinig, dat wist ze zeker. Bewust had ze het rapport niet genoemd.

Ze haalde diep adem en reikte naar haar tas, naast haar op de passagiersstoel. Het briefje dwarrelde op de grond en ze boog zich voorover om het op te rapen. Weer keek ze naar de slordig neergeschreven letters, de woorden die haar nog altijd bizar voorkwamen. Als dit een film was, dan wel een slechte. Toch kon ze er niets aan doen dat hoe langer ze naar de woorden keek, hoe meer ze het idee kreeg dat de nonchalance waarmee het briefje gemaakt leek te zijn, alleen maar schijn was. Ze pakte haar telefoon en maakte een foto, die ze via WhatsApp naar Javier stuurde. Daarna stapte ze uit, de warmte tegemoet.

# Hoofdstuk 8

ANNA VOELDE ZICH RUSTELOOS. ZE HAD EVEN OP HET terras gezeten, maar was toen maar verdergegaan met opruimen, hoewel dat bijna klaar was. Ze had wat dozen van zolder naar beneden gehaald. Op de eerste verdieping had ze ze opengemaakt, en net zo snel weer dichtgedaan. Oude tijdschriften, zomerkleding van vroeger – ze had geen idee waarom haar ouders dit allemaal hadden bewaard. Met het zweet op haar voorhoofd had ze vier dozen naar buiten gesjouwd. Daarna had ze zichzelf een pauze gegund, maar ze voelde zich te rusteloos om op het terras te zitten en dus had ze een duik in het zwembad genomen.

Nu liep het tegen tweeën en lunchte ze met een salade, hoewel ze niet eens echt trek had.

Net toen ze er met haar vork lusteloos in zat te prikken,

kwam Ciska het terras op. Haar vriendin droeg een dunne badjas en een zonnebril en ging met een glas water in haar hand tegenover Anna zitten. 'Goedemorgen', zei ze schor.

'Jij ook goedemorgen', antwoordde Anna met iets van een glimlach. 'Gaat het?'

'Mwah. Het was best heftig gisteren.'

Anna grimaste. 'Wil je ook salade?'

Ciska schudde haar hoofd. 'Nee, dank je. Ik heb net paracetamol genomen. Heb jij geen kater?'

'Nee, gelukkig. Ik ben gisteren niet voor niks na een tijdje water gaan drinken. En ik was iets na twaalven thuis, dat helpt vast ook.'

'O.' Ciska nam nog een slok. 'Heb je nog iets gedaan vandaag?'

Anna haalde diep adem. 'Heb je even?'

In het kort vertelde ze wat er was gebeurd. Ciska verschoof haar zonnebril van haar neus naar haar haar en luisterde ademloos. Toen Anna bij het briefje was aangekomen, keek Ciska haar bezorgd aan. 'Dat is hartstikke eng.'

Anna haalde kort haar schouders op. 'Ik weet gewoon niet zo goed wat ik ermee moet.'

'Kun je niet beter zelf naar de politie gaan? En het niet alleen tegen die Javier zeggen?'

Anna fronste. 'Maar dan moet ik ook vertellen wat Julian Bossa aan het doen is. Dat lijkt me geen goed idee.'

'Maar die Javier...' Ciska keek bedenkelijk. 'Je kent hem amper. Straks komen die engerds van dat briefje achter je aan, en dan?'

'Javier zegt dat ik het serieus moet nemen en me inderdaad nergens mee moet bemoeien.'

'Als het niet al te laat is.'

'Hè jakkes.' Anna keek haar vriendin aan met iets van afschuw op haar gezicht. 'Als je het zo zegt, klinkt het echt heel eng.'

'Ik vind het ook heel eng.' Ciska pakte het briefje, dat tussen hen in op tafel lag. 'Wie doet nou zoiets? Het ziet er nogal kinderlijk uit, maar alleen iemand die weet wat er speelt, zou dit doen.'

'Ja, en iemand die niet wil dat er verder wordt gezocht. Althans, dat is Javiers opvatting.'

'Maar wie dan?'

'Javier zegt dat er invloedrijke personen op het eiland zijn die het in het verleden voor elkaar hebben gekregen dat hun daden onbestraft zijn gebleven. En dat die personen niet zitten te wachten op mensen die gaan graven in het verleden.'

'Wat voor invloedrijke personen?'

'Wist ik het maar.'

Ciska knikte kort. 'Nou ja, als hij dat zegt, zal dat wel waar zijn. Maar dan nog. Er is amper iemand die weet dat die politieman op zoek was naar een bepaald dossier, toch?'

'Ja.' Anna knikte langzaam. 'Javier vroeg nog of ik er met iemand over had gepraat.'

Ciska keek vragend. 'Waarover? Yara?'

'Niet zozeer alleen Yara, maar vooral dat zijn vader in het oude dossier op zoek zou gaan naar informatie.'

'En heb je dat gedaan?'

Anna schudde haar hoofd. 'We hebben het er gisteren op de boot wel even over gehad, maar niet in detail. Ik heb bewust zo min mogelijk verteld, ook toen Emilio er later op terugkwam.' Ze keek Ciska aan. 'Jij?'

'Wat ik?'

'Heb jij aan iemand over het dossier verteld?'

Ciska trok met haar mond, haalde diep adem en wreef toen over haar voorhoofd. 'Nee, ik denk het niet.'

'Je denkt het, of je weet het zeker?'

'Pff.' Ciska ging opnieuw met haar hand over haar voorhoofd. 'Nee, volgens mij niet.'

'Cis...' Anna keek haar vriendin aan. 'Denk nou even na. Het is belangrijk. Heb je het er bijvoorbeeld met Antonio over gehad?'

Ciska zweeg even. Toen knipperde ze een paar keer. 'Ik weet het gewoon niet meer. Misschien wel.' Ze schokschouderde. 'Ik had gedronken en ik had dat pilletje genomen, dus mijn geheugen is niet meer zo goed.'

Anna beet op haar onderlip. 'Wat herinner je je wel?' vroeg ze toen.

Ciska pijnigde haar hersenen. 'Ik weet het alweer, denk ik. Hij vroeg volgens mij wat er met jou was, omdat je zo stil was. En toen heb ik hem verteld dat je veel aan je hoofd hebt en vooral het onderzoek naar je zusje.'

'Maar niets over het dossier?'

'Jawel. Hij vroeg wat je dan precies aan het doen was en ik zei dat er een politieman voor je op zoek ging naar antwoorden, onder andere in het dossier van destijds.' Ze keek Anna schuldbewust aan. 'Shit, sorry An. Ik wist niet dat dat zo geheim was.'

Anna deed haar mond open om iets te zeggen, maar sloot hem toen weer. Ciska praatte verder. 'Maar het kon Antonio niet zoveel schelen, geloof ik. Hij luisterde volgens mij niet eens toen ik het vertelde.' Ze hield haar hoofd schuin. 'Hij kent jou niet, hij kende je zusje niet. En bovendien vertrouw ik hem, ook al ken ik hem net. Hij is zo leuk en lief.'

Ondanks alles glimlachte Anna. 'Je hebt het nogal zwaar te pakken, hè?'

'Ach welnee.' Ciska wuifde die woorden weg, maar Anna zag dat haar vriendin rode wangen kreeg.

'Je bloost zelfs een beetje', zei Anna plagend. 'Niks voor jou.'

'Dat komt vast door de zon', antwoordde Ciska lachend. Daarna werd ze serieuzer. 'Antonio is echt een leuke vent, dat moet ik wel toegeven. Het is best een tijdje geleden dat ik een soort van verliefd was. Maar het is natuurlijk alleen voor nu.'

'Hoezo?' vroeg Anna.

Ciska keek haar spottend aan. 'Verliefd op een gladde Spanjaard, An. Hoeveel eeuwigheidswaarde heeft dat?'

'Als je echt wil, kan alles.'

'Ach welnee.' Ciska grinnikte. 'Ik geloof ook niet dat hij er voor de langere termijn in zit. En eigenlijk vind ik het wel prima. Geen verplichtingen, geen moeilijke vragen, maar gewoon lol. En seks.'

Nu was het Anna's beurt om te grinniken. 'Ik weet niet beter dan dat je netjes thuis hebt geslapen.'

'Dat heb ik ook.'

'Heb je hem meegenomen?'

Ciska schudde haar hoofd. 'Nee joh. Dat zou best ongemakkelijk zijn, als hij ineens aan het ontbijt zou verschijnen. Maar die club waar we vannacht waren, die was naast een strandje. En daar... nou ja.' Ze glimlachte. 'Het was wel een beetje zanderig.'

Nu lachte Anna hardop. 'Dat kan ik me voorstellen.'

'Ik voelde me weer zeventien, dat wel. Maar het was wel spannend.' Ciska staarde nog even in de verte alsof haar herinnering zich weer in haar hoofd afspeelde. Daarna schudde ze kort haar hoofd, als om het onderwerp af te sluiten. 'Wat moeten we vandaag nog doen? Opruimen? Die dozen met oude spullen wegbrengen?'

Anna knikte. 'Dozen wegbrengen en daarna wil ik eigenlijk iets leuks gaan doen. Heb je zin om mee te gaan naar de markt?'

'Tuurlijk. Welke markt?'

'De foodmarkt. Ik had bedacht dat we vanavond konden barbecueën.'

'Als jij enig idee hebt hoe je dat ding aansteekt, vind ik het een goed idee.'

Anna grinnikte. 'Lekker geëmancipeerd ben je.'

Ciska trok een gezicht. 'Ik ben wel heel goed in het vlees uitzoeken en opeten. Geef me tien minuten, dan kan ik nog even douchen.'

Anna legde haar bestek dwars over haar bord. 'Prima, dan ga ik vast wat spullen in de auto laden.' Ze stond op en liep naar binnen, Ciska bleef nog even zitten.

'O Cis, nog één vraag...' In de deuropening draaide Anna zich om en keek haar vriendin aan. 'Wat is de achternaam van Antonio?'

Ciska fronste. 'Figueroa, hoezo?'

'Nee.' Anna schudde haar hoofd. 'Niks. Laat maar.'

Ze liep naar binnen, pakte de autosleutel en liep door naar de voorkant van het huis. Daar begon ze met het inladen van de dozen in de achterbak.

Het kostte haar moeite om haar gedachten erbij te houden. Elke keer dwaalden die af naar wat Ciska had gezegd.

Antonio had amper geluisterd, het interesseerde hem niet erg veel, hij was te vertrouwen. Anna wilde het graag geloven, maar hoe kon Ciska dat zeker weten? Ze kende Antonio nog maar net. Dat ze overduidelijk verliefd op hem was, hielp ook niet echt bij haar beoordelingsvermogen.

Maar aan de andere kant kreeg Anna haar gedachten ook niet logisch. Als ze alles wat ze wist achter elkaar zette, was het een bij elkaar geraapte brij van losse flodders, die niets met elkaar te maken hadden. Oké, Antonio wist van het rapport, maar dat betekende niets omdat hij niets met de hele zaak te maken had. En oké, het ongeluk van Julian Bossa riep veel vragen op, maar het kon uiteindelijk ook gewoon een ongeluk zijn. Het enige wat erop wees dat er meer, en misschien wel veel meer, aan de hand was, was dat vreemde briefje.

Anna aarzelde even en pakte haar telefoon. Haar vinger zweefde even boven het schermpje. Toen haalde ze diep adem en stuurde ze Javier een berichtje met de achternaam van Antonio. Ze wachtte even, maar hij kwam niet online.

Anna zette de laatste doos in de achterbak van de auto, sloeg de klep dicht en bleef met haar rug tegen de auto geleund staan. Het briefje liet aan de ene kant weinig aan duidelijkheid te wensen over, en aan de andere kant was er ook geen touw aan vast te knopen. Ze wilde er luchtig over doen om het daarmee minder erg te maken, maar dat lukte haar niet. Op een of andere manier zat er de hele tijd een soort klem om haar maag. Als ze weer aan de woorden dacht, werd ze een beetje misselijk. Het liefst wilde ze thuisblijven met alle deuren op slot, maar wie het ook was die haar probeerde bang te maken, dat gunde ze hem of haar niet. Ze draaide zich om en keek uit over de tuin, de oprijlaan, de weg in de verte. Het was hartstikke stil. Ze wist niet goed of ze zich daardoor veiliger voelde of juist niet.

Het grind kraakte toen Ciska naar haar toe liep. Ze had haar telefoon in haar hand. 'Antonio vraagt of we weer mee gaan varen.'

Anna schudde haar hoofd. 'Van mij hoeft het niet.'

'Echt niet?' Ciska keek op en zag eruit alsof zij er wel zin in had. 'Ik vond het erg leuk gisteren.'

'Dan ga jij toch mee? Ik wil nog dingen in huis doen en... nou ja.' Ze haalde haar schouders op. 'Ik heb gewoon geen zin.'

'Door wat er allemaal is gebeurd, bedoel je? Doordat je dat rare briefje hebt gekregen?'

Anna knikte. 'Er zijn gewoon vreemde dingen aan de hand.'

'Ja.' Ciska haalde diep adem en tikte toen een paar keer tegen het scherm van haar telefoon. 'Ik begrijp het wel, we blijven lekker thuis.'

'Nee, ga jij maar', zei Anna. Ze keek haar vriendin aan. 'Ik weet dat je Antonio leuk vindt en ik wil je niet een leuke dag door de neus boren.'

Ciska schudde haar hoofd. 'Ik laat je nu toch niet alleen. Dan zou ik ook niet met een rustig gevoel op een boot kunnen zitten.' Ze tikte tegen de auto. 'Kom, dan gaan we die dozen wegbrengen en daarna lekker naar de markt. Dat barbecueën vanavond klinkt steeds aantrekkelijker, vooral nu de paracetamol begint te werken.'

Anna grinnikte. 'Even mijn tas pakken.'

Even later zaten ze in de auto. Ciska had haar zonnebril

naar haar haar verschoven en keek een stuk helderder uit haar ogen. 'Toch vind ik het een raar briefje', zei ze nadenkend, toen Anna de poort uit reed en de weg op draaide. 'Ik bedoel: als iemand je dan iets duidelijk wil maken, dan zou diegene toch erbij moeten zetten wat je dan precies wel of niet moet doen. En 'de volgende'? Welke volgende? Jij denkt dat het te maken heeft met die politieman, maar wie zegt dat dat zo is?'

Anna knikte. 'Het is hartstikke vaag, maar tegelijkertijd is het wel duidelijk aan mij gericht. Ik bedoel: mijn naam staat erop. En aangezien het in de parkeergarage van het ziekenhuis onder mijn ruitenwisser is gedaan, is het wel het meest aannemelijk dat het iets met Julian Bossa te maken heeft.'

Anna's telefoon ging en ze keek vluchtig op het schermpje om te zien wie het was. Pieter, stond er in beeld. Ze keek om zich heen, maar zag geen oordopjes en liet het gesprek gaan.

'Moet ik opnemen?' vroeg Ciska.

Anna schudde haar hoofd. 'Ik bel straks wel terug. Het is Pieter.'

Ciska keek opzij. 'Jullie spreken elkaar veel, hè?'

'Hm-hm', antwoordde Anna. 'Hij houdt me gelukkig de hele tijd op de hoogte hoe het met Sem is. En hij is erg betrokken.'

'Ja.' Ciska grinnikte. 'Soms denk ik: waarom hebben jullie eigenlijk geen relatie meer? Jullie kunnen zo goed met elkaar opschieten.'

'Er zijn zoveel mensen met wie ik goed kan opschieten, maar daar heb ik ook geen relatie mee', zei Anna, de opmerking ontwijkend.

'Maar ook geen kind.'

'Ik denk dat het zo goed gaat omdát we geen relatie hebben.'

'Weet ik niet.' Ciska tuitte haar lippen. 'Jullie zijn allebei veranderd. Ouder geworden, en wijzer. Wie weet zou het gewoon weer werken tussen jullie.'

Anna maakte een onbestemd geluid, omdat ze niet goed wist wat ze wel moest zeggen. In elk geval niet dat die gedachte soms ook door haar eigen hoofd ging. Dat hield ze liever voor zichzelf, al wist ze eigenlijk niet goed waarom ze het niet met haar beste vriendin kon delen. Misschien omdat de gedachte op zichzelf al ingewikkeld was en Ciska er meteen op in zou springen.

'Sem heeft het in elk geval heerlijk met hem op Texel', zei Anna toen. 'Hij geniet enorm, dat is zo leuk om te zien.'

'Heb je Pieter eigenlijk verteld wat je over Yara hebt ontdekt?' vroeg Ciska toen.

Anna schudde haar hoofd en probeerde een verklaring te bedenken, maar verder dan dat ze die beslissing op gevoel had genomen, kwam ze niet. 'Ik denk dat ik dat achteraf doe', zei ze.

Ciska knikte en liet het onderwerp rusten. In plaats daarvan begon ze over de markt in Ibiza-Stad waarnaar ze op weg waren. 'Ik heb op internet gelezen dat ze er heerlijke kazen en hammen hebben.'

Anna knikte. 'De beste van het eiland. Ik wilde wat tapas meenemen en vlees voor op de barbecue.'

Even later brachten ze de dozen naar de vuilstort en nadat ze zich door het drukke verkeer in de stad hadden geworsteld, vonden ze een plek in een parkeergarage niet ver van waar ze moesten zijn. Niet lang daarna liepen ze over de overdekte markt. Zoals altijd was het er druk en in rap Spaans werden waren aangeprezen en besteld. Anna keek nerveus om zich heen. Normaal dacht ze nooit na in grote menigtes. Dat het risico van aanslagen of andere gevaarlijke gebeurtenissen groter was op plekken waar veel mensen bij elkaar waren, boezemde haar – anders dan bij veel anderen die ze kende – geen angst in. Maar vandaag was het anders. Wie het ook was die haar had bedreigd, diegene kon overal zijn.

Ze haalde diep adem en dwong zichzelf om kalm te blijven. In paniek raken was in elk geval geen oplossing. Anna bleef even staan bij een viskraam waar de mooiste en meest vreemdsoortige vissen uitgestald lagen, maar toen ze naast zich Ciska wit zag wegtrekken bij de intense vislucht, liep ze toch maar door. 'Dat is een beetje te veel voor mijn maag', zei haar vriendin, toen ze weer wat op adem was gekomen.

Bij een van de vele groentestalletjes sloeg Anna ingrediënten in voor een salade en nadat ze bij de slager twee biefstukjes had gekocht, kwam Ciska net aangelopen met een tasje van een delicatessenkraam. 'Ik ben een beetje doorgeslagen, geloof ik.'

Anna grinnikte. 'Dat komt wel op.'

'En anders neem ik het mee naar huis.' Ciska keek om zich heen. 'Wil je nog een rondje lopen?'

Anna schudde haar hoofd. 'Laten we maar gaan.'

Ciska leek te begrijpen dat de markt haar vriendin vandaag minder plezier bezorgde dan anders en even later zaten ze weer in de auto. Anna keek op haar telefoon voor ze wegreed. Pieter had geappt dat zijn telefoontje niet dringend was en Javier had een berichtje gestuurd dat hij de naam zou opzoeken. Anna keek vluchtig opzij, maar ze deelde die laatste informatie niet met Ciska.

Toen ze thuis waren, had Anna eindelijk het gevoel dat ze kon ontspannen. Eigenlijk merkte ze nu pas hoe gespannen ze eerder was geweest. In de keuken schonk ze twee glazen cola light in, omdat ze na alle drank van gisteren beter even geen wijn konden nemen. Net toen ze de drankjes mee naar buiten wilde nemen, bedacht ze dat ze Pieter nog moest terugbellen.

'Hé', zei hij toen hij opnam. 'Hoe gaat het?'

'Goed.'

'Mooi. Dat wilde ik even vragen. Verder niks dringends.'

'Is Sem daar?'

'Nee, hij is met mijn moeder naar de supermarkt. Hij wilde graag helpen met boodschappen doen, maar dat is alleen maar omdat hij dan de vijftig cent van de kar krijgt om een ijsje van te kopen.'

Anna grinnikte. 'Boef. Volgens mij hebben jullie een heerlijke week gehad.'

'Zeker.' Pieter zweeg even, leek te aarzelen en deed toen zijn mond weer open: 'Ik zat te denken: misschien kunnen we dit ook een keer met z'n drieën doen?'

Anna fronste even en wist niet meteen wat ze moest zeggen. Pieter vatte die stilte blijkbaar op als afwijzing en haastte zich om zich te verontschuldigen. 'Sorry, het is vast een stom idee. Ik wilde je niet in verlegenheid brengen. Het was gewoon... Mijn ouders hebben aangeboden dat we het huisje een week mogen gebruiken en Sem vindt het hier zo heerlijk. Ik zou graag willen dat jij hier ook met hem kan zijn en hem kan zien genieten.' Hij snoof even. 'Maar jij hebt natuurlijk zelf een vakantiehuis, dus ik zeg nu iets stoms.'

'Nee', zei Anna. 'Ik vind het heel lief bedacht. Het is voor Sem fijn als we samen zijn, toch?'

'Ja.' Er klonk een zekere opluchting in Pieters stem. 'Dat leek mij ook. Hij vraagt veel naar je en het lijkt mij ook gezellig.'

Anna knikte en wist niks te zeggen, maar ergens kwam een gevoel van heimwee in haar op. Alsof ze nu liever met haar ex op Texel was dan hier op Ibiza. Al had dat natuurlijk alles te maken met wat er allemaal was gebeurd. Ibiza voelde op dit moment niet als de fijne plek die het hoorde te zijn.

'Gaat het wel?' vroeg Pieter, toen haar zwijgen lang duurde.

'Ja', zei Anna snel. 'Zeker. Hoezo?'

'Je klonk zo...' Hij zweeg even. 'Ach, laat ook maar. Ik wilde gewoon even checken of het wel goed met je gaat.'

'Ik ben gewoon een beetje moe', zei Anna. 'Er moeten nog wat zaken worden geregeld en overmorgen vliegen we alweer terug.'

'Het was niet echt vakantie, zeker?'

Anna glimlachte. 'Ik heb weleens relaxtere vakanties meegemaakt, ja.' Ze aarzelde.

'Maar heb je wel kunnen doen wat je had willen doen?'

'Ja.' Anna knikte. Het vreemde gevoel bekroop haar dat het nog veel te lang duurde voor ze naar huis ging, en dat dat moment tegelijkertijd veel te snel kwam. Er was nog zoveel wat ze niet wist. Haar oog viel op het briefje, dat nu op het aanrecht lag. Ze slikte een paar keer.

Pieter merkte de verandering meteen op. 'Wat is er?'

'Niets', zei Anna, maar ze wist dat haar stem haar nog verder verraadde.

Pieter gaf geen antwoord, Anna haalde diep adem. 'Nou ja, ik kan het je ook wel vertellen', zei ze, hoewel ze dat niet van plan was geweest. 'Het gaat om Yara's dood.'

'Yara's dood?' vroeg Pieter na een korte stilte verbaasd. 'Hoe kom je daar nou ineens bij?'

Anna vertelde hem wat er speelde, maar noemde Julian en het briefje nog niet.

'Ik weet nog dat je vader mij vertelde waar het precies was gebeurd', zei Pieter, toen Anna even zweeg. 'Hij wees me de plek waar het zwembad was geweest en vertelde over die dag. Sem was een baby, dus het moet zeven jaar geleden zijn. De tranen stonden in zijn ogen.'

'Hij vond het altijd moeilijk om over Yara te praten', zei Anna. 'Mijn ouders hebben het onderwerp nooit ontweken, maar je merkte dat het ze altijd verdriet deed.'

'Misschien heb je je vader er daarom nooit naar gevraagd?'

'Ja.' Anna knikte. 'Vincent had daar minder moeite mee.'

'Verbaast me niks', lachte Pieter. 'Die is sowieso wat minder sociaal gevoelig dan jij.'

Anna moest ook lachen. Daarna werd Pieter weer serieus. 'Ik hoop dat je de antwoorden vindt, An. Ik weet hoe groot de rol van Yara altijd in je leven is geweest. Het moet verwarrend zijn dat je juist dit niet meer met je ouders kan bespreken.'

Anna knikte een paar keer, slikte en merkte tot haar verbazing dat er tranen in haar ogen waren opgeweld. 'Ja', zei ze uiteindelijk. 'Verwarrend is wel het juiste woord. Er is namelijk nog meer.'

Ze hoorde Pieter af en toe een geluid maken, met stijgende verbazing. 'Jeetje mina', zei hij, toen ze was uitverteld. 'Dit klinkt echt serieus, An. Ik maak me zorgen.'

'Als ik me hou aan wat op het briefje staat, denk ik niet dat ik in gevaar ben', zei Anna. 'Javier heeft me aangeraden om niet verder te zoeken, dus ik doe nu niets.'

'Maar dan nog...' Pieter klonk allesbehalve gerustgesteld. 'Je weet niet met wie je te maken hebt. Die politieman zegt zelf dat er zaken spelen op het eiland waar je geen weet van hebt.'

'Het zal echt niet zo'n vaart lopen', zei Anna, al wist ze zelf niet goed waar dat vertrouwen op gebaseerd was. 'Op dit moment gebeurt er toch niets omdat Julian Bossa nog altijd in coma ligt.'

'Maar zijn zoon is verder aan het zoeken, zei je.'

'Hij probeert alleen maar uit te vinden waarom zijn vader me wilde spreken. Het is nog niet eens zeker dat het allemaal echt met elkaar samenhangt.'

'Dat het toeval is, is nog ongeloofwaardiger', zei Pieter en daar kon Anna niet veel tegen inbrengen. 'Doe in vredesnaam voorzichtig, Anna. Ik begrijp dat het belangrijk voor je is, maar bedenk goed of het het allemaal waard is.'

Anna antwoordde iets onbestemds, omdat ze niet goed wist wat ze anders moest zeggen. Natuurlijk had Pieter gelijk, maar als de waarheid zo groot was dat die met harde maatregelen beschermd moest worden, kon ze ook niet leven met het idee dat die waarheid niet boven tafel kwam.

'Denk aan Sem', ging Pieter door. 'Hij is het belangrijkste en ik wil echt niet dat jou iets overkomt.'

Later, toen ze had opgehangen, klonk Pieters stem nog na in Anna's oor. Hij had gelijk. Natuurlijk had hij gelijk. Ze moest geen grens overschrijden, maar het probleem was dat ze geen idee had naar welke grens ze aan het zoeken was.

# Hoofdstuk 9

'Morgen gaan we alweer naar huis.' Ciska hing aan de rand van het zwembad en trok een spijtig gezicht. 'Niet normaal hoe snel tien dagen voorbijgaan.'

'Ja.' Anna zat op de rand van het zwembad, haar voeten in het water. De zon scheen op haar schouders en ze had haar blik op de heuvel gericht. Ze had altijd goed tegen de zon gekund, al was het vandaag een uitzonderlijk warme dag. Ciska was al drie keer puffend in het zwembad gesprongen. 'Ik begrijp niet dat jij het uithoudt daar', zei ze nu nog maar weer eens.

Anna gaf geen antwoord. Ze hoorde haar telefoon pingen en vermoedde dat het Pieter was. Sinds ze hem gisteren had verteld wat er speelde, gedroeg hij zich erg bezorgd. Ze waardeerde het, het was fijn om te voelen dat hij om haar gaf. Hij had al een paar keer geappt dat ze moest bedenken wat het belangrijkste was en of de informatie over Yara haar echt zoveel waard was, maar hij had ook geschreven dat hij goed begreep dat dat het geval was. Hij kende haar al zo lang, hij had haar ouders goed gekend. Natuurlijk wist hij hoe groot de impact van Yara's dood op het hele gezin was geweest.

Er klonk nog een ping-geluid, deze keer dichterbij. Anna zag het schermpje van Ciska's telefoon oplichten. Meteen dook haar vriendin op het toestel. 'Antonio', zei ze.

Anna keek opzij. Ze had niets meer van Javier gehoord. Vanochtend had ze hem nog gevraagd hoe het met Julian was en daarop had hij geantwoord dat er vandaag weer een gesprek met de artsen zou zijn. Over Antonio was hij niet meer begonnen en Anna ging ervan uit dat hij geen enkele link kon vinden met Ciska's vakantievriend. Het was misschien altijd al een vergezocht idee geweest.

'Hij vraagt of we zin hebben om langs te komen', zei Ciska.

Anna haalde haar schouders op. Ze voelde er weinig voor. Van Emilio had ze niets meer gehoord, wat ze in een andere situatie misschien asociaal had gevonden, maar nu vond ze het wel prima. Eigenlijk wilde ze het liefst thuisblijven, veilig, beschermd. 'Heb jij zin?' vroeg ze.

Ciska keek twijfelend. 'Ik vind het wel fijn om Antonio nog te spreken voor ik naar huis ga. Wel zo netjes om hem persoonlijk te vertellen dat ik geen bloeiende toekomst voor ons zie.'

Anna grinnikte. 'O nee?'

Ciska moest ook lachen. 'Ik heb er nog eens over nagedacht, maar nee. Hij is een Spaanse macho van zevenentwintig, ik een iets te onafhankelijke Nederlandse dertiger.

Het was leuk voor een paar dagen, maar je moet weten wanneer je moet stoppen.'

'En dat is nu', vulde Anna aan.

'Dat is nu.' Ciska knikte. 'Ik wil eigenlijk koffie met hem drinken om hem dat te vertellen, maar als je het vervelend vindt dat ik wegga, blijf ik hier.'

Anna moest toegeven dat dat door haar gedachten was gegaan, maar ze liet het niet merken. Ze begreep haar vriendin wel en bovendien voelde ze zich hier thuis veilig. De poort kon op slot en dat zou ze ook zeker doen. 'Nee joh, ga lekker. Je kan de auto meenemen, want die heb ik toch niet nodig.'

Ciska stuurde een berichtje en hees zich daarna uit het water. 'Dan ga ik zo die kant op.'

'Neem je tijd', zei Anna. 'Ik red me hier wel, echt.'

'Zal ik op de terugweg nog wat boodschappen meenemen?'

Anna begon al haar hoofd te schudden, maar bedacht toen nog wat spullen die nodig waren en Ciska zette het lijstje in haar telefoon. Daarna verdween ze naar binnen om zich aan te kleden. Tien minuten later nam ze afscheid in een felgekleurde jurk en simpele, zachtroze sandaaltjes met een sleehak. 'Ik doe de poort wel op slot als ik wegga, dan kun jij hier blijven.'

Anna keek haar na toen ze naar binnen liep. Daarna hees ze zichzelf omhoog op de zwembadrand en dook met een sierlijke boog onder water. Toen ze was uitgezwommen, hees ze zichzelf op de kant en ging op een bedje liggen drogen.

Zonder Ciska was het opeens stil. Het enige geluid kwam van een vogel in een boom dichtbij en het gehinnik van een paard in de verte. Normaal vond ze stilte heerlijk. Ze hield van alleen zijn, was er ook goed in. Sterker nog, ze had het nodig om af en toe gewoon een tijdje in haar eigen gezelschap door te brengen. Maar vandaag voelde ze zich onrustig. Ze begon zich af te vragen of ze niet te snel had geroepen dat ze het in haar eentje wel zou redden. Ciska was pas een klein kwartier weg en Anna wilde nu al dat haar vriendin zou terugkomen. Ciska zou het doen, dat wist Anna zeker. Als ze nu de telefoon zou pakken, zou haar vriendin in een mum van tijd weer op de stoep staan. Maar ze deed het niet. Afscheid nemen van Antonio was belangrijk voor Ciska en bovendien wilde Anna zich niet laten leiden door angst. Hier, in haar eigen huis, wilde ze zich veilig voelen.

Ze bleef nog even op het bedje liggen, maar voelde zich uiteindelijk te rusteloos. Ze stond op, sloeg haar pareo om en verplaatste zich naar het terras. Daar klapte ze haar laptop open en begon aan het invullen van de digitale formulieren voor het verhuurbureau dat ze had gekozen. Het was inderdaad mogelijk de villa nog deze zomer beschikbaar te stellen voor verhuur, maar dan moest er nog wel wat gebeuren. Zo zou er iemand langskomen om foto's te maken, moesten er nog sleutels worden bijgemaakt en kon ze niet te lang wachten met het in orde maken van al het papierwerk. Niet alleen moest ze allerlei feitelijke informatie doorgeven, ook moest ze duidelijk maken wat ze wel en niet wilde toestaan. Geen huisdieren, niet roken, geen groepen van meer dan zes mensen – misschien zouden ze het huis dan wat minder verhuren, maar Anna wilde heel graag dat het netjes bleef. Ze wist zeker dat Vincent het met haar eens zou zijn.

Ze zat zo geconcentreerd te werken dat ze schrok van het geluid van haar telefoon. Haar hart miste een slag toen ze zag dat het Javier was. Ze nam op en even was ze bang voor het ergste, maar zijn stem klonk opgewekt.

'De artsen hebben besloten te stoppen met de slaapmedicatie', vertelde hij. 'Ze denken dat mijn vader er klaar voor is om weer wakker te worden. De zwelling in zijn hoofd is aan het afnemen.'

'Wat een goed nieuws', zei Anna.

'Het is natuurlijk nog wel de vraag of en hoe hij ontwaakt, maar de voortekenen zijn goed. Ze hebben een hersenscan gemaakt en het lijkt erop dat zijn hersenen niet al te veel schade hebben ondervonden. Al kan het kleinste beetje schade grote gevolgen hebben.'

'Het blijft dus spannend', zei Anna.

'Zeker. En de kans is groot dat hij zijn geheugen van vlak voor het ongeluk kwijt is. Volgens de artsen gebeurt het regelmatig dat mensen de laatste uren voor een klap of hartinfarct nooit meer terugkrijgen. Soms zelfs de laatste dagen.'

Anna fronste. 'Maar als hij de rest van zijn geheugen wel terugkrijgt, is dat maar een detail, toch?'

'Ja, maar wel een belangrijk detail', zei Javier. 'Natuurlijk is mijn vaders herstel het belangrijkste, maar toch zou ik graag weten waar hij vlak voor het ongeluk mee bezig was.'

'Laten we eerst maar...' begon Anna, hoewel ze zelf ook nieuwsgierig was. Maar het voelde misplaatst om nu erg met haar eigen zoektocht bezig te zijn, terwijl Julian Bossa er ondanks dit goede nieuws nog altijd slecht aan toe was.

'Ik ben gisteren verder gaan zoeken', onderbrak Javier haar. 'Ik kon er niet tegen om stil te zitten.' Hij zweeg even, blijkbaar om na te denken, en toen zei hij: 'De naam die jij me stuurde komt niet voor in de politiesystemen.'

'Antonio bedoel je?'

'Ja. Wie is hij?'

'Een vriend van mijn vriendin Ciska. Het zou kunnen dat ze hem iets heeft verteld over wat jouw vader aan het doen was. Ze weet het niet meer zeker, zegt ze.'

'Ik heb op zijn Facebookpagina gekeken en zijn enige vriend die Emilio heet is Emilio Rodriguez. Is dat jouw Emilio?'

'Dat zou hem kunnen zijn', zei Anna. 'Ik heb echt geen idee.'

'Ik stuur je zijn foto. Momentje.'

Even hoorde Anna wat geritsel en toen keek ze op haar scherm. Er kwam inderdaad een bericht van Javier binnen. Ze opende het en Emilio lachte haar toe vanaf haar scherm, zijn arm om de schouders van een oudere man naast hem.

'Dat is hem', zei ze tegen Javier. 'Dat is Emilio.'

'Je zei toch dat je hem pas hebt leren kennen?'

'Ja, dat klopt. We raakten aan de praat op een terras en toen zijn we gaan stappen. Daarna heeft hij ons uitgenodigd om mee te gaan op zijn boot, samen met wat vrienden.'

Javier humde. 'Het verbaast me dat je hem niet al kende.'

'Hoezo?'

'Kijk eens goed naar de foto. Die man naast hem is zijn vader.'

Javier wachtte even tot ze de foto opnieuw had bekeken en vroeg toen: 'Doet die ook geen belletje rinkelen?'

Anna keek nogmaals en schudde haar hoofd. Daarna

realiseerde ze zich dat Javier dat natuurlijk niet kon zien en vroeg: 'Zou dat moeten?'

'Hij is nogal een bekende figuur op het eiland. Vastgoedhandelaar, groot geworden in de tijd dat Ibiza opkomend was bij toeristen en mensen uit het buitenland die hier graag een huis wilden kopen.'

'Ik begeef me niet in die wereld. Mijn ouders hebben hun huis al zoveel jaar geleden gekocht.'

'Misschien ken je hem op een andere manier. Andres Rodriguez is namelijk je buurman.'

Anna stokte even. 'Werkelijk?'

'In het dossier van Yara zag ik jullie adres.'

Daar keek Anna van op. 'Heb je het dossier dan?'

Ze hoorde Javier diep ademhalen. 'Ja, dat is een verhaal apart. Ik kom daar zo op terug. Het eerste wat me opviel was dus dat de familie Rodriguez naast jullie woont. Emilio is natuurlijk het huis uit, maar hij is er wel opgegroeid.'

'Met de paarden', zei Anna nadenkend.

'Ja, die fokkerij is een hobby van Andres. Zijn geld heeft hij met andere zaken verdiend.'

Anna had even tijd nodig om de informatie op zich te laten inwerken. Ze vroeg zich af of Emilio wist dat hij naast het huis van haar ouders was opgegroeid.

Er schoot haar iets te binnen. 'Zijn ze vroeger vaak verhuisd?' vroeg ze aan Javier.

'Volgens mij niet. Andres woont daar al sinds jaar en dag, voor zover ik weet. Hoezo?'

'Nee.' Anna schudde haar hoofd, verbaasd dat Emilio daarover had gelogen. 'Niks, laat maar.'

'Ik heb Emilio nagetrokken, maar ook hij is niet bekend in de politiesystemen.'

Anna sloot even haar ogen. 'Ik heb moeite alles aan elkaar te leggen. Jouw vader heeft geen contact gehad met Emilio, toch? En ook niet met Antonio?'

'Nee. Ik heb in zijn telefoon gekeken, maar buiten de telefoontjes naar het politiebureau heeft hij alleen maar contact gehad met bekenden.'

'Wat hebben zij er dan mee te maken?'

'Dat weet ik niet. Misschien niks. Maar buiten mijn vader en zijn collega's en jou en jouw vriendin zijn zij de enigen die weten wat er speelt. Of eigenlijk alleen Antonio, als ik jou goed heb begrepen.' Hij zweeg even. 'En Emilio is...'

Anna trok een rimpel in haar voorhoofd. 'Emilio is wat?' vroeg ze toen Javier zijn zin niet afmaakte.

'Hij is...' Javier zocht duidelijk naar woorden. 'Ik zei je toch dat er bepaalde invloedrijke mensen op het eiland zijn? Reken maar dat Emilio's vader daar ook toe hoort.'

'Wat betekent dat?'

'Dat weet ik nog niet. Het enige wat ik verder te weten ben gekomen, is dat het dossier over Yara's dood en het daaropvolgende onderzoek behoorlijk summier is.'

'Hoe bedoel je?'

'Ik heb een van de twee collega's van mijn vader gesproken.' Javier haalde diep adem. 'Ik denk dat dit was wat mijn vader je wilde vertellen. Het is zo vreemd, Anna. Het dossier over Yara is er wel, maar meer dan een samenvatting van het onderzoek zit er niet in. De twee oud-collega's van mijn vader zijn ernaar op zoek gegaan, maar kwamen terug met een vrijwel lege map. Alle stukken ontbreken.'

'Ook die van de patholoog?'

'Ja, die ook.'

Anna zweeg even. 'Staat in de samenvatting dan misschien de doodsoorzaak uitgelegd? Ik wil zo graag weten welk hartfalen het is geweest.'

Javiers stem klonk spijtig. 'Nee, dat staat niet uitgelegd. Het is heel summier allemaal.'

Anna wist niet goed wat ze moest zeggen. 'Kunnen die stukken niet gewoon ergens anders liggen?' vroeg ze uiteindelijk.

'Dat zou erg ongebruikelijk zijn. Tegenwoordig staat alles in de computer, maar vroeger was er een map en die was heilig. Als er een onderzoek werd gesloten, ging de map in het archief. Volgens het document waarin het archief wordt bijgehouden, zouden alle stukken in de map moeten zitten, maar in werkelijkheid is dat niet zo.'

'Maar er kan toch iets zoekgeraakt zijn in al die jaren?'

'Alleen als iemand de map uit het archief heeft gehaald, maar dat zou geregistreerd moeten zijn.'

Anna kneep haar ogen samen en probeerde de informatie te verwerken. 'Tja...' zei ze uiteindelijk. 'Wat betekent dat dan?'

'Dat er heel erg slordig is gearchiveerd, misschien. Of dat er later stukken uit het dossier zijn gehaald.' Zijn stem klonk haastig, alsof zijn gedachten sneller gingen dan zijn woorden. 'En als dat laatste het geval is, kan je dat op z'n zachtst gezegd opvallend noemen.'

'Denk je dat dit was wat jouw vader me wilde vertellen?'

'Dat zou goed kunnen. Zijn oud-collega's hebben hem dit wel verteld en ik weet zeker dat hij dat net als ik erg raar zal hebben gevonden.'

Anna liet de woorden op zich inwerken. 'En nu?' vroeg

ze uiteindelijk. 'Denk je dat die andere stukken nog ergens rondzwerven?'

'Dat is de vraag. De twee mannen hebben al gezocht, maar het is een speld in een hooiberg. Er zit zoveel in het archief, je kunt moeilijk ieder dossier openen om te kijken of er toevallig andere stukken in zitten.' Javier zweeg even. 'Zelf heb ik niet veel ervaring met het archief, maar volgens mijn vaders collega's gebeurt het zelden tot nooit dat er belangrijke stukken ontbreken. Voor zover zij weten, dan.'

Anna liet die woorden op zich inwerken. Ze wist eigenlijk niet goed wat ze ervan moest denken. 'Wat denk jij?' vroeg ze daarom. 'Betekent dit dan echt dat iemand ze er doelbewust uit heeft gehaald?'

'Dat durf ik niet met zekerheid te zeggen. Het enige dat ik zeker weet, is dat het vreemd is.'

'Gaan je vaders collega's nog verder zoeken?'

'Daar zijn ze al mee bezig. Ik heb ze verteld over het briefje dat jij hebt gekregen, ik hoop dat je dat niet erg vindt.'

'Wat zeiden ze daarvan?'

'Dat het altijd goed is om waakzaam te zijn. Maar een van de mannen merkte wel op dat er een hoop loze briefjes de wereld in gestuurd worden. Blijkbaar vinden mensen het leuk om elkaar bang te maken.'

Anna knikte en dacht even na. De eerste schok over het briefje was dan misschien weggeëbd, ze voelde zich nog lang niet gerustgesteld. Ze wist gewoon niet goed wat ze ermee moest. Aan de ene kant was ze bang, aan de andere kant kon ze veel effectievere dreigementen bedenken als iemand haar dan echt een les wilde leren. Al had Javier ook gezegd dat het misschien slechts een eerste stap was.

'Ik moet ophangen', zei Javier. 'Ik zit op de gang van het ziekenhuis en ik zie een arts naar mijn vaders kamer lopen.'

'Ja, natuurlijk. Succes.'

Anna wachtte nog even, maar Javier gaf geen antwoord meer. Op de achtergrond hoorde ze een mannenstem en daarna werd de verbinding verbroken. Anna legde haar telefoon naast zich neer. Allerlei gedachten gingen door haar hoofd, maar er was er niet één waar ze grip op kreeg.

Rusteloos stond ze op. Ze daalde het trapje van het terras af en liep in de richting van de bloementuin. Daar bleef ze een tijdje staan, starend naar het beeld van de vlinder. Ze probeerde de vragen in haar hoofd te stoppen, maar die bleven als pingpongballen door elkaar springen. Waarom had Emilio niks gezegd? Ze had zelfs nog het adres van de villa genoemd. Zijn antwoord op haar vraag waar hij was opgegroeid, was zo vaag geweest dat ze het juist daardoor had onthouden: 'Overal en nergens.' Dat klonk nog het meest alsof hij een zwervend bestaan had geleid, of niet bij zijn eigen familie was opgegroeid. En dat was verre van waar.

Anna schudde haar hoofd en probeerde daar een conclusie aan te verbinden, maar eigenlijk was het zo bizar dat elke mogelijke conclusie mank ging.

Met een ruk draaide ze zich om en liep terug naar het huis, naar binnen, naar boven. Op de slaapkamer haalde ze het fotoboekje uit de la. Yara lachte haar toe, haar kettinkje om haar nek, een fietsenrek in haar mond. Anna streek met haar vinger over de foto. Ze haalde haar handen door haar haar en ging op de rand van het bed zitten.

Vanuit het raam van de slaapkamer was nog net het huis van de buren in de verte te zien. Toen Javier de naam van de buurman had genoemd, herinnerde ze zich wel weer dat hij zo heette. Haar ouders hadden goed contact gehad met een groot aantal buren en dorpsgenoten, maar de familie Rodriguez hoorde daar niet bij. Ze herinnerde zich een paar keer dat Yara graag naar de paarden had gewild en haar vader duidelijk had gemaakt dat hij dat niet goedvond. Anna had zich nooit afgevraagd waarom haar ouders het altijd hadden verboden, terwijl dat ergens onlogisch was. Yara hield zoveel van paarden, de buren hadden veel stallen en meerdere bakken om in te rijden. Haar zusje had zich daar tijdens de vakanties zo goed kunnen vermaken en toch waren haar ouders onverbiddelijk geweest.

*Invloedrijke personen op het eiland,* klonk weer de stem van Javier in haar hoofd. Had haar vader dingen geweten die beter niet bekend konden worden? Anna schudde haar hoofd bij haar eigen gedachten. Haar vader was een van de eerlijkste mensen op aarde geweest. Als hij had geweten dat er iets niet in de haak was, had hij ongetwijfeld aan de bel getrokken. Hij zou nooit hebben meegewerkt aan het verzwijgen van zaken die met Yara's dood te maken hadden, dat wist ze honderd procent zeker.

Anna haalde diep adem en knipperde een paar keer. Haar eigen gedachten maakten haar duizelig. Ze haalde haar telefoon uit haar zak en opende de internetbrowser.

*Andres Rodriguez Ibiza* leverde veel zoekresultaten op, maar alleen maar naar websites van of over zijn bedrijf. Hij was een grote vastgoedhandelaar geweest en was de laatste jaren meer op de achtergrond verdwenen ten gunste van zijn zoon. Anna opende een aantal links en vond foto's van de man. Op een heel aantal ervan stond Emilio naast hem. Ze voelde zich ineens suf dat ze zich niet eerder had afgevraagd wie Emilio eigenlijk was. Dat hij vragen van haar daarover had vermeden, had ze onder valse bescheidenheid geschaard. Nu wist ze wel beter.

Ze opende Facebook en zocht Emilio op, maar op zijn pagina kwam ze niet ver. Hij had meer dan duizend vrienden, zag ze, maar hij had zijn privacy-instellingen zo geregeld dat ze niets kon zien omdat ze geen vrienden met hem was. Opnieuw keek ze naar de foto van Yara. Ze dacht aan het moment dat ze Emilio over haar zusje had verteld. Hij had gedaan alsof hij het voor het eerst hoorde, maar dat moest schijn zijn. Destijds was de verdrinking van Yara zelfs in de krant gekomen. Dat de buren niets hadden geweten, was ondenkbaar. Dat Emilio zoiets na al die jaren vergeten was ook.

Met een klap sloeg ze het fotoboekje dicht en ze liep naar beneden, het terras af, de tuin in. Achter de cipressen liep de grens van hun tuin. Een stuk verderop stond een hek van palen en schrikdraad dat het begin van het land van de buren markeerde. Tientallen meters verderop stonden paarden te soezen in de schaduw van een grote boom. In de verte, dicht bij de stallen, meende ze een trekker te zien, maar het kon net zo goed een auto zijn. Ze probeerde zich Yara voor te stellen, turend over het weiland. Zou de verleiding haar te groot zijn geworden en was ze inderdaad een keer gaan kijken?

Ze geloofde heus wel dat Vincent een keer bij de buren was geweest, maar de verzameling oude troep in die doos was divers en niet op één dag bij elkaar gescharreld. Het kon net zo goed voor het huis hebben gelegen, aan de overkant van de weg waar de buurman ook weilanden had. Yara kwam daar zo vaak en de berm van de onverharde weg was ook een plek waar Vincent met zijn metaaldetector was gaan zoeken. Dat hij vroeger een rauwdouwer was geweest, herinnerde ze zich nog goed. Eén keer was hij op blote voeten door de doornstruiken in de tuin gegaan. Anna kon nog precies het geluid van zijn geschreeuw terughalen toen haar moeder de stekels één voor één met een pincet uit zijn voet had moeten trekken. Ze geloofde zo dat hij door het grasland naar de stal van de buren was gebanjerd. Misschien had hij het niet eens doorgehad, zijn blik gericht op de grond, helemaal geconcentreerd op het geluid van het apparaat.

Maar Yara was anders. Er liep geen pad van hun eigen tuin naar het huis van de buren, dus als je erheen wilde lopen, moest je door de paardenweides. Zou Yara dat echt hebben gedaan om de paarden te kunnen aaien?

Zelfs als dat was gebeurd, hoefde het niets te betekenen. Het was vreemd dat ze dat deed terwijl het niet mocht van hun ouders, maar het zei niet meteen dat er echt iets aan de hand was. Dat ze haar hangertje net op dat moment verloor was misschien wel erg toevallig, zeker omdat Yara altijd zuinig was geweest op haar spullen. Meer dan Anna en Vincent in elk geval. Maar misschien had ze haast gehad om terug te komen, omdat ze niet wilde dat hun ouders zouden merken dat ze weg was. Dat zou haar wellicht onvoorzichtig hebben gemaakt.

Anna zuchtte diep. Hoe hard ze ook probeerde het voor zichzelf logisch te krijgen, het bleef maar aan haar knagen. Het gevoel dat er iets niet klopte, liet zich niet wegredeneren. Sterker nog, het was de basis van alles wat ze nu probeerde uit te vinden. Ze moest gewoon weten waaraan Yara was overleden. Als dat hartfalen was, wilde ze weten welke vorm. Het was allemaal te vaag, er waren zoveel dingen die om antwoorden vroegen.

Wat het allemaal nog vreemder maakte, was dat Emilio deed alsof hij van niks wist. En bovendien verzweeg dat hij nota bene was opgegroeid als haar buurjongen, althans tijdens de vakanties. En dan waren er nog de woorden van Javier dat er zaken – belangrijke zaken, ook strafbare zaken – door de politie aan de kant waren geschoven, de wetenschap dat Andres Rodriguez een van de invloedrijke personen was voor wie dat kon gelden, de berekenende onwil van Emilio om erover te praten: het kwam in haar hoofd samen in een stroom van vragen en gedachten, waar ze zelf niet eens echt wijs uit kon worden.

De gedachte kwam in haar op dat ze Javier over het kettinkje moest vertellen. Dat was er tot nu toe niet van gekomen, maar nu de buurman ter sprake was gekomen, kon ze dat maar beter wel doen. Ze overwoog hem te bellen, maar besloot toen dat het moest wachten. Hij had wel even iets anders aan zijn hoofd. Ze zou straks nog wel even contact opnemen, of anders vanavond. In de tussentijd moest ze proberen de ronddraaiende vragen in haar hoofd tot stilstand te brengen, al vreesde ze dat dat niet zou lukken.

Een snerpend geluid deed haar hart in haar keel schieten. Even kon ze het niet thuisbrengen. Ze probeerde te luisteren, maar haar bonkende hartslag vulde haar oren. Ze sloot haar ogen en dwong zichzelf om diep adem te halen. Daarna kwam ze overeind van de terrasstoel. Toen pas realiseerde ze zich dat het geluid dat van de bel was geweest.

Ze bleef staan, aarzelend. Met haar vingers omklemde ze haar telefoon en toen het toestel bijna op de grond gleed, merkte ze hoe hevig haar hand beefde. Ze ontgrendelde haar telefoon en hield haar vinger boven het nummer van Ciska, maar ze belde niet. Wat kon haar vriendin nu doen? Als ze iemand zou bellen, kon het beter de politie zijn.

De bel ging opnieuw. Anna onderdrukte een kreet door hard op haar lip te bijten. Ze glipte naar binnen en sloot de deur achter zich. Ze draaide twee keer de sleutel om en controleerde toen nog een keer de klink. De woorden van het briefje vlogen door haar hoofd. Het liefst wilde ze naar boven sluipen en doen alsof ze niet thuis was. Ze wist niet meer waarom ze zo stoer had geroepen dat ze wel alleen zou blijven. Ze had Ciska nooit weg moeten laten gaan.

Twijfelend stond Anna in de hal. Zonder geluid te maken liep ze naar de voordeur en luisterde, maar er klonk geen geluid. Naast de voordeur was een raampje, maar ze durfde er niet doorheen te kijken. Besluiteloos stond ze achter de deur. Op dat moment klonk het geluid van een telefoon.

Anna sloeg haar hand voor haar mond en vreesde even dat ze zich zichzelf verraadde doordat het haar eigen mobiel was, maar toen realiseerde ze zich dat het geluid niet haar eigen ringtone was en dat het gedempt klonk. Ze slikte een paar keer en dwong zichzelf diep adem te halen om te kalmeren. De ringtone stopte plotseling en een mannenstem antwoordde in het Engels. Anna kon de naam niet verstaan, maar met haar hoofd bij de deur ving ze een paar woorden op. Ineens stroomde de opluchting door haar heen.

Snel draaide ze de voordeur van het slot en deed open. De man die haar aankeek, gebaarde met zijn vrije hand verontschuldigend naar zijn mobiel aan zijn oor. Anna knikte een paar keer en deed een stap opzij, zodat hij langs haar heen naar binnen kon lopen. Voor de deur stond zijn auto geparkeerd, het logo van het verhuurbureau prominent op de zijkant. Ze begreep niet dat ze zo stom was geweest de afspraak te vergeten.

Ze hoorde de man zijn gesprek afkappen en daarna schudde hij haar de hand. 'Goed om je weer te zien', zei hij in het Engels.

'Fijn dat je nog kon langskomen voor we weggaan', antwoordde Anna, alsof ze hem had verwacht, al klopte haar hart nog steeds als een bezetene. Ze had de afspraak zelf gemaakt, maar die was niet blijven hangen. De Brit die nu in haar hal stond runde al tien jaar een verhuurbureau op het eiland en zijn goede referenties hadden Anna en Vincent doen besluiten met hem in zee te gaan. Anna was al even op het kantoor in Ibiza-Stad geweest en had gezegd dat de man natuurlijk vrijdagmiddag kon langskomen om foto's te maken en de sleutel mee te nemen.

'Het ziet er mooi uit', zei de man, terwijl hij achter haar aan liep naar de keuken. Anna draaide de achterdeur weer van het slot en liep het terras op, de Brit nog steeds achter haar. Anna draaide zich om en keek toe hoe hij zijn blik over de tuin en het grasland erachter liet gaan. 'Mooie omgeving.'

Ze liepen een rondje door het huis en daarna haalde de man zijn camera uit zijn tas. Anna bood hem iets te drinken aan, maar dat sloeg hij af. 'Doe maar alsof ik er niet ben', zei hij, maar dat ging niet zo makkelijk omdat hij nogal groot was en het halfuur daarna de hele tijd door het huis liep. Anna voelde zich wat ongemakkelijk en zette zich om die reden maar weer aan het invullen van het papierwerk, zodat dat in elk geval helemaal in orde was.

'Ik ben klaar', zei de Brit uiteindelijk, terwijl hij zijn camera in zijn tas stopte. 'De komende week ga ik de beschrijving maken en de foto's online zetten en dan zullen we het huis promoten op onze website. Ik verwacht dat een villa als deze al snel boekingen zal krijgen. Het ziet er werkelijk prachtig uit.'

'Dank je wel', zei Anna, terwijl ze hem de hand schudde. 'Ik heb de papieren ingevuld en gemaild.'

'We maken het zo snel mogelijk in orde', zei de man nog en daarna vertrok hij.

Toen hij weg was, was het ineens weer stil in huis. Anna liep via de keuken naar buiten en met haar handen op het muurtje van het terras liet ze haar blik over de tuin dwalen zoals de Brit net had gedaan. Door alles wat er was gebeurd, had ze deze week amper gedacht aan al die gelukkige vakanties die ze hier had beleefd. Hoe ze gillend van de lach door haar vader het zwembad in werd gejaagd, hoe ze met haar moeder lag te kletsen op de ligbedden onder de parasol, hoe ze met z'n allen naar leuke marktjes gingen en haar vader nooit haar smekende blik bij de kraampjes met sieraden kon weerstaan.

Plotseling miste ze haar ouders zo erg dat het pijn deed. Er zat een brok in haar keel die zich niet liet wegslikken. Natuurlijk was haar vader er al een tijd niet meer echt geweest, maar sinds zijn dood was het gevoel toch veranderd. Op momenten als deze voelde ze de leegte, het gemis, het besef dat haar vader en moeder echt nooit meer terugkwamen.

Langs haar neus gleed een traan naar beneden. Hoe zou het geweest zijn als Yara nog had geleefd? Zou ze dan altijd het kleine zusje zijn gebleven of zouden ze vriendinnen zijn geweest? Zouden ze misschien samen het huis hebben opgeruimd en herinneringen hebben opgehaald? Andere herinneringen, minder pijnlijke. Meer dan eens besefte ze hoe haar leven werd beïnvloed door de dood van haar zusje. Al hun levens.

Ze dacht aan Sem, op Texel met Pieter. Gek zou ze worden als hem iets zou overkomen. Het was niet eens voor te stellen hoe dat zou voelen, en eigenlijk wilde ze er ook niet aan denken. 'Als er iets met hem gebeurt, kan ik net zo goed ook doodgaan', had ze een keer tegen Pieter gezegd. Zo voelde ze het ook echt. Wat voor zin had haar leven dan nog?

Misschien hadden haar ouders dat gevoel ook wel gehad. Waren ze doorgegaan omdat ze nog twee kinderen hadden. Uiteindelijk waren ze erin geslaagd het enorme verdriet een plek te geven in hun leven, en pas sinds ze zelf moeder was, realiseerde Anna zich wat een ondoenlijke opgave dat geweest moest zijn. Ze dacht aan alles wat er nu gebeurde, alles wat ze te weten kwam. Aan de ene kant had ze het gevoel dat het oneerlijk was dat haar ouders nooit het naadje van de kous hadden geweten, aan de andere kant zou ze hiermee hun oude wonden hebben opengereten.

Maar het ging nu niet om haar ouders, dat wist ze ook wel. Het ging om haar, en om de waarheid. En om het feit dat zij er niet mee kon leven dat er iets vreemds aan de hand was en ze niet wist wat. Er zoemde een vlieg om haar hoofd, die ze wegsloeg. Het liep tegen halfdrie en de zon brandde hard aan de hemel, overal was het stil. Haar blik dwaalde weer en fixeerde zich daarna op het huis van de buren in de verte. De woorden van Javier kwamen weer in haar op.

Ineens had ze behoefte aan iets concreets. Iets wat ze kon doen, in plaats van de ronddraaiende gedachten en herhaling van elke keer dezelfde vragen. Ze overwoog opnieuw om Javier te bellen en te vragen om de namen van de twee oud-collega's van Julian. Dan zou ze contact met hen kunnen opnemen en ze een aantal vragen stellen. Maar vrijwel meteen verwierp ze dat idee weer. De politiemannen hadden in het geheim hun medewerking verleend aan Julian, waarschijnlijk als vriendendienst. De informatie die ze hadden gevonden was verre van openbaar. Waarschijnlijk zouden ze het niet erg leuk vinden als een onbekende dame hen opbelde met allerlei vragen over iets waar ze amper bij betrokken waren. Het zou meer kwaad dan goed doen.

Ze keek weer naar de paardenstallen in de verte. Het was vroeger niet vreemd geweest dat Yara een tijdje weg was. Een uur, twee uur, soms langer. Dan scharrelde ze door de tuin en misschien ook wel door het weiland. Anna had nooit gemerkt dat haar ouders zich er druk om hadden gemaakt. Voor zover ze wist, waren ze Yara ook niet elk moment gaan zoeken en had ze best naar de paardenstallen en terug kunnen lopen. Anna kneep haar ogen samen. Misschien moest ze het gewoon eens doen. Ze wist zelf niet goed wat ze zou bereiken, maar alles was beter dan hier zitten wachten tot het later werd en de antwoorden vanzelf haar kant op kwamen.

Zonder nog langer na te denken klom ze over de witte muur die als erfafscheiding diende en begon door de wei te lopen. Het gras was dor en prikte tegen de zijkant van haar voeten. Ze naderde de paarden, maar de dieren keken niet op.

Anna bereikte het andere einde van de wei en bukte zich om onder het schrikdraad door te kruipen. Ze stak een onverhard pad over en zag hoefafdrukken in het zand. Daarna kroop ze onder weer een stroomdraad door en liep een heel eind door een ander weiland, waar het gras al net zo dor was. Ze voelde van alles kriebelen op haar voeten elke keer als ze een stap zette. Snel liep ze door, al kostte het haar zeker tien minuten om de andere kant te bereiken.

Aan het einde van het weiland was weer een pad, dit keer verhard. Ze kwam bij een bak waar een aantal lage hindernissen stonden opgebouwd. Even bleef ze staan en keek naar de twee stalgebouwen die nu dichtbij waren. De prachtige stallen waren opgetrokken uit witgekalkte steen, dat er smetteloos uitzag. De hoge deuren zagen eruit alsof ze pas waren geverfd. Ze liep om de bak heen en voelde aan de deur van een van de twee stalgebouwen. Ze aarzelde en bleef even staan. Moest ze echt naar binnen gaan? Wat als ze iemand tegenkwam? Wat als Emilio hier was?

Maar aan de andere kant: het terrein zag er verlaten uit en ze was eigenlijk wel benieuwd hoe de stallen er van binnen uitzagen. Het was ongelooflijk dat ze al zoveel jaar op het eiland kwam en nooit op het terrein van de buren was geweest. Dat de familie Rodriguez in rijkdom leefde, was een understatement. Anna had niet zoveel verstand van paarden, maar de dieren die ze van een afstand had gezien, zagen er niet bepaald uit als boerenknollen. En de stallen alleen al hadden duidelijk meer gekost dan de gemiddelde vakantievilla op het eiland.

Anna aarzelde nog even, maar haar nieuwsgierigheid won het. Ze duwde de klink naar beneden en glipte naar binnen. Met een zacht klikje trok ze de deur weer achter zich dicht.

Binnen was het wat donkerder en Anna bleef even staan om haar ogen de tijd te geven om te wennen. Ze knipperde en keek voor zich uit. Aan weerszijden van het middenpad bevonden zich niets dan stallen, afgeschermd door witte muren met een groen geverfd hekwerk erboven. Ook dit zag eruit alsof het gisteren nog een verse laag verf had gehad. De deuren van de stallen bevonden zich aan de buitenkant. De bovenkant van elke deur stond open, zodat de paarden die in de stallen huisden hun hoofd naar buiten konden steken, al was momenteel bijna iedere box leeg.

Het was aangenaam koel binnen en de geur van vers stro prikte in haar neus. In het licht dwarrelden stofjes. Anna begon te lopen en keek links en rechts in de boxen. Alleen in de laatste stond een zwarte pony slaperig voor zich uit te staren. Het dier hief even zijn hoofd, maar verloor meteen zijn aandacht. Anna keek om zich heen. De stilte benauwde haar een beetje. Ze wist niet eens wat ze kwam doen.

Met vlugge passen liep ze terug naar de deur. Ondanks de warmte voelde de buitenlucht als een verademing na de benauwdheid in de stal. Ze bleef even staan en keek om zich heen. Er was nog een stalgebouw, identiek aan waar ze net was geweest. Het zag er al net zo mooi uit.

Anna bleef even staan. Ze wist nog steeds niet precies wat ze hier deed, maar toch ging ze niet terug naar huis. Als Yara hier destijds naartoe was gegaan om eens te kijken, kon ze dat wel begrijpen. Anna hield niet eens echt van paarden, maar toch werd ze gegrepen door hoe mooi alles eruitzag. Ze kon zich best voorstellen dat haar zusje haar nieuwsgierigheid niet langer had kunnen bedwingen, al had het er vroeger misschien nog niet zo mooi uitgezien als nu.

Toch kon Anna beter naar huis gaan, vond ze. Dit was het grondgebied van de buren en ze zou het zelf ook niet erg leuk vinden als iemand zomaar in haar tuin liep te snuffelen. Aan de andere kant hadden ze haar misschien al gezien toen ze door de weilanden kwam aanlopen en vonden ze het niet erg. Met zoveel paarden liepen er vast vaker mensen in en uit. En eigenlijk wilde ze nog wel even verder kijken.

Er stond een ander gebouw dat haar aandacht had getrokken. Het was ook opgetrokken uit steen, maar nu terrakleurig. Anna liep erheen. Ze keek even om en zag de witte villa van de familie Rodriguez op tientallen meters afstand. Even bleef ze staan om te zien of er iemand was. Haar blik viel op het glinsterend blauwe zwembad. Er was een parasol uitgeklapt, maar ook toen ze haar ogen samenkneep voor beter zicht, ontwaarde ze geen beweging. Haar blik gleed over het terras, de tuin, een stenen bouwwerk dat waarschijnlijk de barbecue huisvestte. Alles leek verlaten.

Ze besloot naar het terrakleurige gebouw te lopen. Als er iemand naar haar toe zou komen, zou ze kunnen doen alsof ze een verdwaalde toerist was die graag wilde paardrijden. In haar hoofd oefende ze alvast de Spaanse zinnen. Dat ze naar dit adres was verwezen, dat ze niemand zag en dat ze daarom even in de stallen was gaan kijken. Ze wilde dat ze een petje had opgezet.

Met snelle passen liep ze door, het geluid van haar slippers hard tegen het beton op de grond. Elk moment verwachtte ze iemand tegen te komen, al was het maar een stalhulp. Maar het was siësta en alles was uitgestorven. Het enige geluid kwam van de vliegen en af en toe het diepe gehinnik van een paard in de verte. Ze kwam langs een poetsplaats. Er waren ringen tegen de houten wanden gemonteerd, aan twee ervan hing een halstertouw. Op de grond lagen borstels. Los zand knerpte onder haar voeten.

Ze kwam bij het gebouw. Het had een grote houten deur, eveneens geverfd in terra. Anna ging naar binnen. Hier was het ook koel, de stenen muren hielden de warmte buiten. Het gebouw was voornamelijk in gebruik als opslag, zag ze. Er was een trekker en tegen de muur stonden meer landbouwattributen. Ze keek omhoog en zag dat het plafond in de schuur verlaagd was. Er stond een ladder en door een luik ving ze een blik op van opgestapelde balen op de hooizolder.

Plotseling slaakte ze een kreet. Het geluid kwam uit haar mond voor ze kon bedenken dat ze stil moest zijn. Haar hart schoot weer omhoog en bonkte in haar keel en er prikte meteen zweet in haar nek. Ze keek omlaag om te zien waar ze zo van geschrokken was. De zwarte kat die langs haar benen had gestreken keek haar bevreemd aan. Anna vloekte zacht en bukte zich. De kat duwde meteen zijn kopje tegen haar hand en mauwde.

Anna gunde zichzelf een moment om te kalmeren en

liep daarna een rondje, op de voet gevolgd door de kat. In een grote houten kist vond ze plastic tonnen met paardenvoer, een lockerkast bleek oude halsters te bevatten. Ze stootte haar teen tegen een kruiwagen en hield een nieuwe vloek binnen.

De zon brandde hard op haar hoofd en armen toen ze weer naar buiten liep. Er zoemde een vlieg om haar hoofd, die ze wegsloeg. Een paar seconden later was het beest terug. Anna liep om de schuur heen en zag de mesthoop, maar het stro was verdroogd. Het was hartje zomer en de paarden stonden waarschijnlijk al wekenlang buiten.

Toch waren hier meer vliegen en snel liep ze terug naar de voorkant van het gebouw. De kat was terug en draaide weer om haar benen, als om haar ervan te overtuigen dat ze hem eten moest geven. Er was een tweede dier bij gekomen, al even zwart. Anna aaide hem even.

Ze keek om zich heen op het terrein en opnieuw viel het haar op hoe netjes alles was. De stallen, het opslaggebouw – alles was opgeruimd en had niet de laag zand en vuil die je vaak zag op boerderijen. De stallen waren klaar om de paarden weer te ontvangen, al zouden die waarschijnlijk nog wel een paar weken buiten staan. Het enige dat ze op dit moment over haar buurman leerde, was dat hij blijkbaar niet van rommel hield.

Ze liep terug naar het tweede stalgebouw. De klik waarmee ze de grendel van de deur verschoof klonk hard. Ze ging naar binnen. Het gebouw was een exacte kopie van de andere stal, al even ordelijk. Een pad met een betonvloer in het midden, aan weerszijden boxen. In twee ervan stonden pony's. Eentje keek haar sloom aan, de andere kwam meteen met zijn hoofd naar de deur. Anna aaide over de zachte neus. Ze liep het middenpad uit tot het einde. Anders dan bij de andere stal bevonden zich na de laatste box aan weerszijden van het pad twee deuren. Ze probeerde een ervan. De deur klemde maar gaf toen mee. Het scharnier piepte.

Anna stapte naar binnen. Door het raam viel een streep zonlicht naar binnen. Het rook naar leer. Ze keek rond in de grote zadelkamer, waar het ook al netjes was. De steunen waar de zadels op lagen waren keurig voorzien van paardennamen, op kaartjes met getypte letters. Diezelfde kaartjes hingen ook tegen de muur waar alle hoofdstellen netjes naast elkaar hingen. Het leer was schoon en het glansde. Boven de hoofdstellen was een plank met doorzichtige bakken vol borstels. Anna herinnerde zich de manege waar Yara vroeger had gereden en waar de borstels vaak kriskras door de zadelkamer gelegen hadden, net als oude rijlaarzen en verdwaalde caps. Die kamer leek in niets op deze ruimte, waar het tuig met militaire precisie was gepoetst en opgehangen.

Ze verliet de ruimte weer en keek op haar horloge. Ze moest echt naar huis. Ciska zou straks thuiskomen en bovendien was ze hier al een tijdje. Over een halfuurtje zou de siësta op z'n einde lopen en als ze niemand wilde tegenkomen, was het beter dat ze nu wegging. Ze keek naar de deur aan de overkant, een exacte kopie van de deur van de zadelkamer, met als enige verschil dat hier een bord op hing met *Verboden toegang* erop. Anna kon er niets aan doen dat ze juist daardoor aan de klink wilde voelen.

Tot haar verbazing was de deur open. Ze stak haar hoofd om de hoek, alleen om even te kijken wat zich erachter bevond. Waar ze nog een zadelkamer of anders een opslagruimte had verwacht, was tot haar verbazing een kantoor gevestigd. Hier lag geen beton op de vloer, maar mooie plavuizen met een mediterraans patroon erin. Er was een groot bureau en langs de muur stond een houten buffetkast, die een beetje misplaatst leek in de verder smaakvol ingerichte ruimte. Anna liep het kantoor binnen en sloot de deur achter zich. Aan de muur hingen ingelijste foto's, sommige in zwart-wit, andere in kleur. Ze zag Andres Rodriguez met diverse paarden, of handenschuddend met mannen die recht de camera in keken. Anna kende ze niet, maar gezien het feit dat ze hier ingelijst hingen, waren ze blijkbaar belangrijk voor haar buurman. Er waren ook oorkondes en andere prijzen, op een tafeltje stonden een aantal bekers, glimmend gepoetst. Anna keek opnieuw naar de kast, die wat oud en lomp aandeed in vergelijking met de rest van de ruimte. Het houtwerk van de deurtjes was bewerkt en de sleutels ontbraken. Uit nieuwsgierigheid opende ze een deurtje, maar de ruimte erachter was leeg. Daarna opende ze een ander deurtje en toen nog een, maar ook daar vond ze geen spullen. Ze fronste en keek rond. In een kantoor zou je op z'n minst mappen verwachten, of papieren. Blijkbaar was Andres Rodriguez zo geordend dat hij zelfs die niet had.

Net op dat moment voelde ze het weer. Hoewel ze het had kunnen weten, ontsnapte er opnieuw een kreet uit haar keel. Ze wankelde even en zette een stap opzij om niet te vallen, maar toen ging ze bijna op de achterpoot van de kat staan. In een poging het dier te omzeilen zette ze haar voet verkeerd neer en verloor haar evenwicht. Ze stootte hard haar hoofd tegen de kast en kwam daarna met haar rug tegen een van de deurtjes aan. De stekende pijn in haar achterhoofd deed de tranen in haar ogen springen.

Even bleef ze ongemakkelijk zitten. Nu pas zag ze dat ze haar teen had opengehaald. Ze keek om zich heen en haar blik viel op een ongelijke tegel net voor de kast, de rand stond een stukje omhoog. Anna slikte en hoopte dat de ongelijkheid niet door haar was veroorzaakt, al was de vloer op wel meer plekken wat scheef. Ze veegde het bloed van haar teen en ging op haar hurken zitten om te kijken of ze de tegel inderdaad had beschadigd. Ze drukte hem omlaag, meteen kwam het puntje weer omhoog. Nu pas merkte ze dat hij gewoon loslag. Anna duwde harder en toen het nog steeds niet lukte, haalde ze de tegel een stukje omhoog om te zien of er misschien iets onder lag. Ze kneep haar ogen samen, maar meer dan de houten ondervloer was er niet te zien. Opnieuw duwde ze de tegel aan en tot haar opluchting zag ze dat die nu wel bleef liggen. Ze zat nu recht voor de kast en zag dat ze het onderste deurtje iets te ver open had laten staan. Zenuwachtig duwde ze het wat meer dicht. Alles moest eruitzien zoals ze het had aangetroffen. Ze liet liever geen sporen na van haar bezoek.

Ineens voelde ze hoe haar nekharen overeind gingen staan. Ze kneep haar ogen samen. Een vreemd gevoel bekroop haar, al wist ze niet goed hoe dat kwam. Het was alsof ze iets had gezien, maar haar hersenen niet bij de juiste gedachte konden. Ze keek om zich heen, de gedachte leek haar echter te ontglippen. Misschien werd ze ook een beetje paranoïde hier. De stilte, het uitgestorven terrein, haar zinloze bezoek waarvan ze zelf niet eens het doel kende – ze kon maar beter terugkeren naar huis.

Ondanks haar rationele gedachten bleef ze zitten. Ze stak haar hand uit en opende het deurtje met de intentie het opnieuw te sluiten, zoals je voor de tweede keer de trap moest oplopen als je was vergeten wat je ook alweer ging pakken. Dezelfde handeling bracht doorgaans dezelfde herinnering teweeg. Ze keek naar het deurtje. Er gebeurde niets.

Toen ineens viel haar oog erop. Gekerfd in het hout stonden drie kleine hoefijzertjes, twee boven, één in het midden eronder, zoals bij een hartvorm. De ijzers werden verbonden door streepjes: eentje vanaf het onderste ijzer omhoog, en dat streepje vertakte zich in twee lijntjes die schuin omhoogliepen. Het was moeilijk te zien, maar Anna wist waarnaar ze keek. Ze had de tekening zo vaak gezien, in schriftjes, met krijt op de stoep, zelfs met potlood op het behang van een kamer. De strepen in het midden vormden een Y.

Haar hart begon te bonken. Ze keek er opnieuw naar, en nog een keer, streek er met haar vinger over omdat ze het bijna niet kon geloven. Met grote ogen staarde ze naar de hoefijzers en de letter in het midden. Yara moest zeven zijn geweest toen ze de tekening voor het eerst maakte. 'Omdat ik van paarden hou', zei ze er trots bij, elke keer als ze de hoefijzertjes met haar letter erin ergens neerzette. Die keer dat ze dat op het nieuwe behang van haar kamer had gedaan, was hun vader boos geworden, maar het was niet overgeschilderd. Bij de verhuizing van haar ouders had Anna de tekening nog gezien, klein in de hoek. Ze had er samen met haar moeder nog om geglimlacht.

En nu keek ze weer naar de hoefijzers, op een plek waar ze niet thuishoorden. Een moment lang kwam de onlogische gedachte in haar op dat deze kast van haar ouders geweest kon zijn. Misschien weggegeven aan de buurman toen ze hem niet meer nodig hadden. Of bij het grofvuil gezet, waar de buurman hem toevallig had gezien op het moment dat hij een dergelijke kast kon gebruiken. Anna beet op haar onderlip en schudde haar hoofd. Ze wist ook wel dat haar eigen gedachten nergens op sloegen. Haar ouders hadden nooit zo'n kast gehad en bovendien leek het haar onwaarschijnlijk dat een vermogende man als Andres Rodriguez het moest hebben van op straat gevonden spullen.

Besluiteloos bleef ze zitten, gehurkt voor de kast. Ideeën kwamen op en vlogen alle kanten op in haar hoofd. Ze bedacht dat ze Vincent moest bellen, maar ze wist zelf niet goed waarom. Alsof hij zou weten waarom Yara's tekening hier op een kast in een kantoor op de boerderij van de buren stond. Vincent was ooit één keer met zijn metaaldetector hier geweest, en niet eens binnen.

Het kon dus wel, realiseerde ze zich. Het kon zo zijn dat Yara hier echt was geweest, dat Vincent haar kettinkje daadwerkelijk rondom de stallen had gevonden. Ze wist niet waarom ze die gedachte een openbaring vond. Misschien omdat ze al die tijd een reserve had gevoeld, een slag om de arm. Het kettinkje kon op zoveel plekken gevonden zijn, de kans dat Vincents geheugen hem na al die jaren in de steek liet was aanzienlijk. Ze had het moeilijk te geloven gevonden dat Yara daadwerkelijk bij de buren was geweest, maar het was nog moeilijker te geloven dat iemand anders haar kenmerkende tekening in deze kast had gekerfd.

Anna wreef met haar handen over haar gezicht om

zichzelf te dwingen helder na te denken. Er schoten zoveel vragen door haar heen dat ze er geen grip op kreeg. Ze probeerde de meest logische gedachte eruit te pikken. Was Yara hier gewoon stiekem geweest en had ze het leuk gevonden om iets van zichzelf achter te laten? Was ze toen ook haar kettinkje verloren?

Hoe logisch haar gedachten ook waren, ze had het gevoel dat er iets ontbrak. Een tussenstukje, een verbindende factor. Het waren losse flodders zonder basis. Er waren zoveel verklaringen mogelijk en tegelijkertijd zo weinig. Uiteindelijk haalde ze haar telefoon uit haar zak en maakte een foto van de gekerfde tekening. Ze zou hem in elk geval aan Javier laten zien.

Ze stond op en duwde het deurtje weer dicht. Daarna keek ze nog één keer naar de losse tegel, die weer netjes op z'n plek lag. Er kwam een gedachte in haar op die haar in eerste instantie onlogisch leek, maar toch verwierp ze hem niet meteen. Toen ze door de stal was gelopen, had ze stevige ondergrond gevoeld. Zand, steen misschien. Maar geen hout.

Ze stampte op de grond en hoorde niets. Vervolgens deed ze een paar passen opzij en toen nog een paar. Weer niets. Geen holle klank, niets dreunde na. Daarna liep ze terug naar de tegel die net los had gelegen en stampte ook hier hard met haar voet. Ze had geen zware schoenen aan waardoor de impact misschien niet groot was, maar toch hoorde ze een doffe dreun. De grond gaf een beetje mee.

Het kwam ook door het hout zelf, realiseerde ze zich. Toen ze de tegel van z'n plek had gehaald, had ze geen verweerde plank gezien, maar nieuw hout, alsof de ondervloer recent was vervangen. Dat zou dan alleen in die hoek gebeurd moeten zijn, want de rest van de vloer had een betonnen ondergrond. Ze wurmde haar vinger onder de rand van de vloertegel en wipte hem er opnieuw uit. Nu pas merkte ze dat de hele tegel loslag. Er zat geen lijm onder, zelfs geen lijmresten. Ze probeerde de tegel ernaast. Die gaf ook meteen mee.

Anna haalde nog een tegel weg, en nog een. Ze klopte op de houten ondergrond. Het klonk hol.

Opnieuw begon haar hart te bonken. Ze sprong overeind. Ze haalde meer tegels weg, tot de rand van de kast. De plank was ongeveer een meter lang en hield op bij de muur. Anna klopte tegen de wand, maar die was gewoon van steen. Langs de randen van de plank waren latjes geplaatst, zodat de plank precies in een houten omlijsting viel. Haar vinger paste precies in een kleine uitsparing. Ze probeerde het hout omhoog te trekken. Het gaf een stukje mee, maar de kast stond in de weg.

Ondanks de koelte begon ze te zweten. Ze rukte aan de kast, maar die gaf niet mee. Bijna kieperde het gevaarte voorover, Anna kon hem nog net rechtop houden. Ze hijgde even, maar gunde zichzelf geen pauze. Opnieuw trok ze aan de kast, deze keer verschoof die knarsend een paar centimeter.

Vijf minuten later keek ze hijgend naar het resultaat van haar inspanningen. De kast stond nu een stuk naar voren. Op haar knieën haalde Anna de overige tegels weg. Haar vinger trilde toen ze die opnieuw in de uitsparing schoof. Ze trok de plank omhoog. Die gaf meteen mee. Ademloos keek ze naar wat eronder vandaan kwam.

# Hoofdstuk 10

Anna wist niet hoelang ze stil had gezeten. Het kon niet lang zijn geweest, maar het voelde als een eeuwigheid, al maande haar bonkende hart haar met elke slag tot actie. Ze staarde naar de trap die de duisternis in voerde. Het gat was diep, te diep om te kunnen zien waar de trap eindigde.

Het leek op een schuilkelder zoals je die zag in foute maffiaseries. De held, of antiheld, kon erin verdwijnen zodra de politie aan de deur kwam kloppen en stapte er okselfris weer uit als de doorzoeking achter de rug was. *Vastgoed... Zaken waarvoor hij vervolgd had kunnen worden...* Javiers woorden gingen weer door haar hoofd. Misschien was haar beeld van die foute series niet eens zo ver bezijden de waarheid.

Anna pakte haar telefoon en zette de zaklampfunctie

aan. Nu kon ze beter zien dat de trap zo'n twee meter de diepte in voerde, meer dan het in eerste instantie had geleken. Ze ging op haar knieën zitten en probeerde te zien wat er aan het einde van de trap was, maar het was te donker. Ze slikte moeizaam en kwam overeind. Alles in haar zei dat ze beter weg kon gaan. Luik dicht, plavuizen op hun plek, kast terugschuiven en gaan. Wat zich ook onder de vloer van het kantoor van Andres Rodriguez bevond, het was duidelijk niet voor haar ogen bestemd.

Toch bleef ze staan. Haar verstand en haar nieuwsgierigheid streden om voorrang. Als ze nu wegging, zou ze het nooit weten. Dan zou ze altijd met de vraag blijven zitten wat zich hier onder de grond bevond, verborgen onder een kast waarop haar zusje haar kenmerkende tekening had gemaakt. Was het toeval? Was er een verband? Die vragen zouden onbeantwoord blijven. Natuurlijk kon ze Javier inschakelen, en hij op zijn beurt zijn collega's bij de politie, maar ze was zijn woorden niet vergeten. Andres Rodriguez hoorde tot de meest invloedrijke mensen op het eiland. Dat betekende niet alleen dat de politie niet zomaar zou binnenstappen, maar ook dat hij waarschijnlijk genoeg advocaten had die het de politie – mocht er al een rechter bereid zijn een huiszoekingsbevel af te geven – heel moeilijk zouden maken.

Kon ze het laten rusten? Kon ze leven met de vragen die voortdurend door haar hoofd gingen? Nog voor ze voor zichzelf een antwoord had geformuleerd, begon ze al te schudden met haar hoofd. Als ze dat kon, had ze het al veel eerder laten rusten. Maar nu ze zo duidelijk had gezien dat Yara hier was geweest, was het onmogelijk om te stoppen.

Even overwoog ze om Javier te bellen. Ze zou zich veel

beter voelen als hij met haar meeging, of in elk geval in de buurt was. Maar ze wist ook wel dat ze hem in een lastig parket zou brengen als ze dat zou vragen. Als politieman kon hij niet zomaar op eigen houtje overal binnenlopen.

Uiteindelijk beet ze op haar lip, dacht nog één keer na en nam een beslissing. Ze kwam overeind, draaide zich om en zette toen haar voet op de bovenste tree van de smalle trap. Alleen even kijken. Meer niet.

Met elke stap werd het donkerder. Haar zaklamp bracht enig licht, maar erg veel was het niet. Uiteindelijk bereikte ze de onderste tree van de trap. Ze testte de ondergrond met haar voet. Die was hard. Toen stapte ze van de trap af en knipperde een paar keer, maar de ruimte waar ze was beland, was aardedonker. Ze tastte naast zich, vond een muur en met behulp van de zaklamp wist ze uiteindelijk een lichtknop te ontwaren. Er klonk een klikje en een lamp aan het plafond kwam flikkerend tot leven, maar meer dan een zacht licht verspreidde die niet.

Het rook er chemisch. Drugs, was het eerste wat Anna dacht, al had ze nooit de geur geroken van de chemicaliën die daarvoor nodig waren. De lamp had even tijd nodig om op sterkte te komen. In het toenemende licht liet Anna haar blik door de ruimte gaan. Ze had moeite om wat ze zag te verwerken. Aarzelend zette ze een paar stappen. Het piepende geluid van haar slippers weerkaatste tegen de gladde, witte muren. Op de vloer lagen eveneens witte plavuizen. Klinisch, ging er door haar heen. De ruimte was klinisch.

Ze liep naar een ijzeren tafel tegen de muur. Erop stonden een aantal zwarte bakken. Anna keek erin en begreep meteen waar de chemische lucht vandaan kwam. In de bakken zat vloeistof waarvan de walm op haar longen sloeg. Anna zag rechthoekige vellen. Geen drugs, schoot het door haar heen. Al stelde het idee dat ze op een fotolab was gestuit haar niet meteen gerust. Ze tuurde in de vloeistof, maar kon geen beelden onderscheiden op de vellen. Ze keek weer om en nu pas viel het witte touw haar op dat tegen een van de muren was gespannen. Er hingen rechthoekige vellen aan, ze telde er acht. Het licht reikte niet zo ver en ze had haar zaklamp nodig om de beelden te kunnen zien.

Geschrokken staarde ze naar de foto's. Opnieuw had ze het gevoel dat ze in een maffiaserie terecht was gekomen. Er waren verschillende mannen te zien, sommigen keken in de lens, anderen hadden schijnbaar niet door dat er een foto werd gemaakt. De mannen waren zonder uitzondering boven de vijftig, de vrouwen die ook op elke foto te zien waren, waren dat niet. Anna zag jonge meisjes, sommigen nog geen twintig. Op een van de foto's was een kind te zien, Anna schatte haar hooguit tien jaar. Het meisje had amper kleren aan, de man was bezig die van hem uit te trekken. Walgend wendde Anna haar blik af. Yara's leeftijd, schoot het door haar heen.

Ze wilde weg. Wat de praktijken ook waren waar Andres Rodriguez zich mee bezighield, ze wilde er niets mee te maken hebben. Met een ruk draaide ze zich om, maar toch nam ze niet de trap naar boven. Het enige wat haar tegenhield was Yara's tekening in de kast. Die stond daar niet zomaar, daar geloofde ze inmiddels niet meer in. Het jonge meisje op de foto had Anna's overtuiging gesterkt dat wat het ook was waar Andres Rodriguez zich mee bezighield, het in elk geval niet alleen vastgoedhandel was.

Ze wierp nog één blik op de foto's en richtte zich daarna op een metalen kast, tegen een van de andere muren. Van de zes deurtjes zaten er drie op slot. Achter twee van de andere deurtjes vond ze mappen. Witte ordners, allemaal dezelfde. De plek bestemd voor een label was overal leeg gelaten.

Het derde deurtje herbergde drie laden. Met trillende vingers trok Anna de bovenste open. Ze slikte moeizaam. Daarna staarde ze ademloos en probeerde te bevatten wat ze zag, maar dat lukte niet. Haar ogen registreerden het beeld, maar haar hersenen weigerden het om te zetten.

Haar hart bonsde nu zo hard dat het pijn deed aan de binnenkant van haar ribben en zweet liep in straaltjes over haar rug. Ze stak haar hand uit, maar trok die net zo snel weer terug. Vingerafdrukken, dat woord kwam in haar op. Al zaten die van haar al op de kast en de la, ze wilde geen afdrukken achterlaten op het diepzwarte metaal van het grote pistool dat glimmend in de la lag.

Anna had nog nooit een pistool van zo dichtbij gezien. Ze opende de tweede la. Daar lagen er nog twee, kleinere, al even glimmend. Er lag een doosje met munitie naast. Het was halfvol. Anna huiverde.

Haar ademhaling ging hortend en stotend. Ze was misselijk, maar ze moest verder kijken. Haar bewegingen werden sneller, minder behoedzaam. Met trillende handen haalde ze een van de ordners uit de kast. Hij was zwaarder dan ze had gedacht. Toen ze hem optilde, gleed de onderkant van een heleboel dossiermappen eronderuit. Ze aarzelde even voor ze hem opensloeg. Terwijl ze diep ademhaalde in een mislukte poging zichzelf te kalmeren, besefte ze dat wat ze te zien zou krijgen meer was dan de administratie van het bedrijf, oude krantenknipsels, diploma's, kinderknutsels of andere algemene zaken die mensen doorgaans in een ordner bewaarden. Ze wilde niet denken aan wat ze te zien zou krijgen en tegelijkertijd wist ze dat ze niet weg kon gaan zonder het te zien. Ze merkte dat ze hijgde van spanning toen ze de map opensloeg.

Bij de eerste foto sloeg ze meteen haar blik neer. Het beeld maakte haar letterlijk misselijk en ze slikte zure gal terug. Ze dwong zichzelf opnieuw te kijken en sloeg om. De ene dossiermap na de andere. Bijna de helft van de map hetzelfde meisje, daarna een ander kind. Anna dwong zichzelf te blijven omslaan tot ze echt niet meer kon kijken. Toen sloeg ze de ordner dicht en sprong met een kreet achteruit. Nu pas viel haar de witte rol papier aan de muur op, de achtergrond die ze op al die foto's had gezien. Er stond een stoel. Ze hijgde van schrik, van angst, van afschuw. Toch pakte ze een nieuwe map uit de kast. Twee kinderen, drie. Kleintjes, grotere. Yara's leeftijd. Bange blik in de camera. Eén kind had een knuffeltje vast. Ze keek naar al die ordners, maar wilde er niet meer pakken. In plaats daarvan trok ze haar telefoon tevoorschijn uit haar zak en maakte foto's, van de kast, de wapens, de ordners, de verschrikkelijke foto's. Alles moest ze vastleggen. Haar handen trilden zo hevig dat de telefoon bijna uit haar hand viel toen ze WhatsApp opende. Javier moest dit zien. Nu. Ze typte er een bericht bij, kort, in steekwoorden. Bij Andres Rodriguez, in de stal, kantoor, luik in de grond, geheime kelder, wapens, allemaal foto's, walgelijk.

Terwijl haar duim als een malle tegen het scherm tikte, hoorde ze buiten een auto stoppen.

Haar ademhaling ging hijgend en haar hart bonsde zo luid dat ze moeite had de geluiden van buiten goed te horen. Een portier dat werd geopend en weer werd dichtgeslagen, voetstappen, zo te horen van één persoon. Het geluid verwijderde zich. Anna sloot haar ogen en probeerde haar rondrazende gedachten tot kalmte te manen. Ze moest zich nu concentreren, hier zo snel mogelijk uit komen. Ze wierp een blik op haar telefoon. Javier had haar berichten gezien. Het volgende moment begon haar mobiel te trillen. Ze drukte de oproep weg.

Weg uit deze ruimte, dat was het voornaamste. Het luik dicht, de kast op zijn plaats, al had ze geen idee hoe ze dat kon doen zonder geluid te maken. Ze hoorde het geluid van een telefoon, dichterbij dan ze had verwacht. Een mannenstem nam op.

Wie het ook was, niemand mocht haar hier zien. Een nieuwe golf paniek kwam op. Ze sloeg haar handen voor haar gezicht en dwong zichzelf normaal te ademen. Als ze niet rustig bleef, was ze verloren.

Javier belde opnieuw, en opnieuw. Buiten hoorde ze de mannenstem nog steeds. Ze kon niet opnemen, hij zou het horen. Snel keek ze om zich heen. Zo zacht mogelijk zette ze de map terug en sloot de deurtjes. Ze knipte het licht uit. Daarna begon ze aan de klim omhoog.

Ze gunde zichzelf een paar seconden om te luisteren. De mannenstem was nu verstomd. Misschien was de man naar de villa gelopen, of naar de paarden in de wei. Misschien had ze geluk en zou ze het kantoor kunnen verlaten zonder gezien te worden. Zo zacht mogelijk liet ze de plank weer zakken en legde de plavuizen terug. Ze trok uit alle macht aan de kast. Die gaf mee en kwam uiteindelijk scheef te staan. Ze gunde zichzelf geen tijd hem recht te zetten. Nog één keer keek ze rond in de ruimte, toen reikte ze naar de deur. Ze hoorde niets. Bijna voelde ze de opluchting al door zich heen gaan. Heel even overwoog ze toch om Javier te bellen, maar ze deed het niet. Te riskant. Het zou moeten wachten.

Anna legde haar hand op de deurklink. Ze spitste haar oren nog een keer. Zo snel mogelijk de stal door, naar buiten. Door het weiland naar huis. Waarschijnlijk zou ze daar gezien worden, als ze niet al op de heenweg was gezien, maar dat was niet erg. Haar aanwezigheid kon ze verklaren.

Ze haalde diep adem en concentreerde zich. Daarna duwde ze de klink naar beneden en trok zacht de deur naar zich toe.

Het volgende moment keek ze recht in zijn gezicht.

Anna probeerde een kreet te onderdrukken, wat maar gedeeltelijk lukte. Ze wilde iets zeggen, maar er kwamen geen woorden. In plaats daarvan staarde ze hem recht aan, haar ogen opengesperd, haar mond bewegend zonder geluid. Ze herkende hem meteen van de foto's op internet. Andres Rodriguez was klein, kleiner dan ze had verwacht. Maar daardoor niet minder imponerend. Hij had een hard en pezig gezicht, een huid die zowat gelooid leek door de zon, kleine, priemende ogen. Zijn zwarte haar was bovenop aan het uitdunnen, maar in zijn nek had hij het bijeengebonden in een vlassig staartje.

Anna slikte. Uiteindelijk was hij het die de stilte doorbrak. 'Ze zeiden al dat er iemand rondneusde op mijn terrein.' Zijn voorhoofd was licht gefronst, als bij vriendelijke verbazing. Maar de blik in zijn ogen spoot vuur.

Anna slikte. 'Ik eh...' Ze knipperde. Ze had vooraf iets bedacht, maar het ontglipte haar telkens. Uiteindelijk slikte ze een paar keer en zei: 'Ik vroeg me af of ik misschien kon rijden.'

Ze zag het meteen in zijn ogen. Het wantrouwen was onmiskenbaar. Als hij haar al het voordeel van de twijfel had willen geven, was dat nu voorbij. Ze had niet moeten liegen. Daar was ze nooit goed in geweest.

'Rijden?' herhaalde Andres Rodriguez, zijn stem laag en kalm. Slechts een kleine trilling verraadde zijn onderliggende emotie. Dat was geen angst, zoals bij haar. Er trok een spiertje bij zijn oog. Hij was woedend. Als een dier dat ontdekte dat een ander dier z'n territorium binnen was gedrongen. Die vergelijking ging misschien nog wel letterlijker op dan ze dacht. Na alles wat ze had gezien, kon ze niet anders dan beseffen dat Andres Rodriguez een beest was.

Zijn blik verschoot naar de kast en terug naar haar. Hij zag het meteen, natuurlijk. Ze probeerde zo neutraal mogelijk te kijken. Niets te laten merken, al stond het waarschijnlijk in grote letters op haar voorhoofd geschreven. Ze likte aan haar lippen, maar haar tong was droog als schuurpapier. Andres was klein van stuk, maar groot genoeg om de deuropening te versperren. Ze zag zijn spieren spannen onder de huid van zijn armen. Onder de korte mouw van zijn shirt kwam een deel van een tatoeage tevoorschijn.

De stilte duurde voort. Andres verschoof zijn voet, Anna schrok van het geluid. Ze spitste voortdurend haar oren of ze een auto hoorde, voetstappen, een stem in de verte. Maar buiten was niets te horen.

Andres zette een stap naar voren, automatisch week Anna achteruit. Ze stond nu met haar rug tegen de kast. Het hout voelde hard. Andres zette nog een stap en daarna nog een, tot hij vlak voor haar stond. Toen hij zijn mond opendeed, zag ze dat zijn tanden geel waren.

'Alsof ik niet weet wie jij bent', zei hij. Zijn stem klonk ingehouden. 'Anna.'

Ze stokte. Haar adem zat letterlijk klem, het lukte haar niet meer om lucht naar binnen te zuigen of te laten ontsnappen. Ze kon hem alleen maar aanstaren. In zijn blik las ze van alles, maar haar hersenen weigerden om die informatie om te zetten. Zelfbescherming, misschien wel.

Ze slikte. De stilte duurde voort en ze wist niet of er antwoord van haar werd verwacht. Uiteindelijk deed ze haar mond open, maar meer dan wat gestotter kon ze niet uitbrengen. In de blik van de man lag een beangstigende combinatie van woede en minachting.

Uiteindelijk dwong Anna zichzelf om iets te zeggen. 'Ik eh...' begon ze, om daarna met uiterste krachtinspanning een zin te vormen. 'Het spijt me dat ik hier ben. Ik ga weer naar huis.'

Andres lachte, maar er klonk geen vreugde in door. In plaats daarvan bleef het geluid vreemd hol in de ruimte hangen.

'Ik had niet moeten komen', zei Anna. 'Dit is uw terrein en...' Ze schudde haar hoofd. 'Ik weet niet eens waarom ik hier ben.'

'Dat klopt. Je had niet moeten komen.' Andres keek haar priemend aan. 'Maar je weet heel goed waarom je hier bent. Het is te laat voor spijt. Je had niet zo nieuwsgierig moeten zijn. Je had niet moeten rondneuzen, niet hier, niet in mijn spullen, niet bij de politie. Wat geweest is, is geweest, Anna. Het verleden moet je laten rusten.'

'Ja.' Anna knikte, haar angst maakte dat haar hoofd harder op en neer ging dan ze had bedoeld. Het moest er vreemd uitzien. 'Ik ga nu naar...'

'Jij gaat nergens heen.' Andres was nog steeds uiterst kalm. Anna keek naar zijn handen en onbewust verschenen de afschuwelijke foto's op haar netvlies. Ze beet op de binnenkant van haar lip om niet te schreeuwen. Dat deze man... met Yara... Ze werd overvallen door misselijkheid.

'Het was jouw keuze om hier te komen en dat was de verkeerde keuze.' Andres knikte in de richting van de kast. 'Je ziekelijke nieuwsgierigheid heeft je zaken opgeleverd die je niet hoort te weten, omdat ze privé zijn. Van mij en van mij alleen. Jouw zusje...' Er flikkerde iets in zijn blik. Voor het eerst leek hij iets van zijn kalmte te verliezen.

Anna hield haar adem in. De misselijkheid werd erger en haar oren suisden. Er kwam woede op die zich maar moeilijk liet tegenhouden. 'Wat?' vroeg ze, haast fluisterend. 'Wat is er met mijn zusje?'

'Ze had gewoon haar mond moeten houden, net als de rest.' Andres' ogen waren nu klein en priemend. 'Dat heb ik haar ook verteld. Mond dicht en er gebeurt niks. Maar zij moest zo nodig gaan praten.'

Anna stond stokstijf. Het enige waarnaar ze kon staren was de mond van Andres Rodriguez, waar de woorden als kogels uit kwamen. De ene na de andere, felle pijn bij elk woord. Ze voelde het fysiek, overal.

'Ze wilde het niet meer', zei Andres. Hij schudde zijn hoofd. 'Ik was juist goed voor haar. Voor hen allemaal. Dat besefte ze niet. Ze wilde het niet meer en ze ging het aan haar vader vertellen. Ik heb haar verteld dat ze dat niet moest doen. Dat dat het domste was wat ze kon doen. Maar ze luisterde niet.' Hij schudde zijn hoofd met een blik alsof hij naar een peuter keek die iets ongehoorzaams deed. 'Ik heb haar verteld dat ik haar zou vermoorden, maar ze ging het toch doen. Het was haar eigen schuld.'

Anna slikte, maar haar keel zat dichtgesnoerd. 'En toen heb je...' begon ze, maar die zin liet zich niet afmaken.

'Haar eigen schuld', herhaalde Andres Rodriguez. 'Zij was het zelf begonnen, dat heb ik haar ook verteld. Ze wilde paardrijden, ik zei dat ze haar eigen pony kon krijgen. Hier, in de stallen. Dat was ook zo. Ze moest hem alleen verdienen. Ze wilde het zelf. Tien keer en dan was de pony voor haar. Na zes keer wilde ze niet meer.' Hij trok zijn mond in een platte streep. 'Ze wilde onze afspraak verbreken, maar zo werkt het niet. Niemand verbreekt zijn afspraak met mij. Niemand.'

Anna gaf geen antwoord. Ze trilde zo hard dat ze bang was dat ze zou omvallen. Alleen door haar uiterste best te doen lukte het haar om niet te denken aan de foto's in de variant met Yara erop. Ze wilde de plaatjes niet zien, het had geen zin om eraan te denken. Juist niet, ze moest nu scherp blijven.

'Ze was zo weg', zei Andres Rodriguez nu. Anna keek naar zijn gezicht, maar hij had zijn blik op een punt achter haar gericht en leek ver weg in gedachten. 'Zo groot was ze ook niet.'

'Maar hoe...'

'De dierenarts was altijd gul', zei de man. 'En stelde geen vragen. Alles is te koop, met name zwijgzaamheid. Dat geldt trouwens ook voor de politie. Aan hartfalen was niks gelogen en van meer informatie zou men maar in de war raken.' Hij knipperde een paar keer. 'Het was jammer dat mijn zoon me zag toen ik door het weiland liep, maar gelukkig wist hij toen al hoe het werkt. Zwijgen is de norm. Wie gaat praten, zal het bezuren. Bovendien begreep hij toen al waarvan we leven, waarvan we eten. Wat van ons is, moet beschermd worden. Het begint bij onze reputatie.'

'Emilio', zei Anna alleen maar.

'Gelukkig kent hij veel mensen. Anders hadden we misschien niet eens geweten van jouw nieuwsgierige gedoe.'

Anna haalde diep adem. 'Maar de politie... Wisten zij dit dan allemaal?'

'Natuurlijk niet.' Andres keek haar minachtend aan. 'Zulke fouten maak ik niet. Maar het onderzoek toen dat meisje was gevonden, dat was niks. Kwamen ze hier aankloppen, rondneuzen zelfs. Routine, zogenaamd, maar je weet het nooit zeker. Gelukkig begreep mijn vriend bij de korpsleiding dat ook.' Hij keek Anna aan, zijn blik had iets vreemd opgewekts, bijna manisch. 'Uiteindelijk draait alles om geld. En een van de grootste financiers van dit eiland, die hou je liever te vriend. Bovendien, het klopte wat er uiteindelijk in het dossier stond. Haar hart faalde. Alleen moet je de natuur soms een handje helpen.' Hij grinnikte, alsof hij een binnenpretje had. 'Dat zwembad lag daar trouwens wel ideaal. Ik was van plan geweest haar in de tuin te leggen, maar toen zag ik het water en werd het alleen maar beter.'

Anna's ademhaling ging hortend en trillerig. Het besef dat de man dit haar niet allemaal ongestraft zou vertellen, werd steeds sterker. Als hij haar met deze informatie gewoon liet gaan, tekende hij zijn eigen doodvonnis. Het was onmiskenbaar dat dat niet zou gebeuren. Hij tekende niet het zijne, maar het hare. Beelden van de wapens in zijn kelder buitelden over elkaar heen op haar netvlies. Ze sloot even haar ogen en moest tot bloedens toe op haar eigen tong bijten om niet te gillen. Buiten was het stil. Als Javier haar berichten had gekregen, moest hij toch in actie komen? Hoeveel tijd zou het hem kosten om hierheen te komen? Hoeveel tijd was er verstreken? Ze was alle gevoel daarvoor kwijtgeraakt.

Er was een stilte gevallen die maar voortduurde. Anna wilde iets zeggen, maar alles leek haar verkeerd. Tijdrekken, dat was het belangrijkste. Javier zou hierheen komen, daarvan was ze overtuigd. Ze was er ook zeker van dat Andres haar niet zou laten gaan, niet na wat hij haar allemaal had verteld.

'Mijn zusje...' begon ze, terwijl ze intussen koortsachtig probeerde die zin verder te formuleren. Uiteindelijk lukte dat. 'Hoe vaak kwam ze hier? We hebben nooit iets gemerkt.'

'Zo nu en dan', antwoordde Andres vaag. 'Ze wist dat het ons geheim was en ze was slim genoeg om het stiekem te doen. Nooit langer dan een uur. Ze wilde die pony heel graag, dus ze werkte wel mee.' Hij zuchtte even, er leek iets spijtigs te zitten in het gebaar. 'Zo zonde dat ze onze afspraak wilde verbreken. Het was allemaal niet nodig geweest.'

Anna voelde nu nog meer woede opvlammen. Na alles wat ze had gezien en gehoord, gaf dit monster haar zusje ook nog eens de schuld. Ze schudde strak met haar hoofd en duwde haar nagels tegen de binnenkant van haar handpalmen. De boosheid die nu een uitweg zocht, zou haar alleen maar dieper in de problemen brengen, of erger. Alleen door die gedachte lukte het haar om de woorden die zich bijna een weg naar buiten brandden, binnen te houden.

'Maar zoals ik zei: het verleden moet je laten rusten.' Andres haalde diep adem, alsof die conclusie hem met een zekere vorm van melancholie overmande. Hij keek Anna opeens weer recht aan. 'Dat had jij ook moeten doen. Gedane zaken nemen geen keer, ook niet als je na al die jaren ineens gaat snuffelen in wat jouw zaken niet zijn.' Hij schudde zijn hoofd. 'Wat is dat toch met jullie? Eerst je zusje, nu jij. Ik vind dit ook niet leuk om te doen, maar je laat me geen keus.'

Andres zette nog een stap naar voren. Anna slikte moeizaam. Nog steeds was er buiten geen enkel geluid waarneembaar. Al haar spieren spanden zich en het lukte haar niet meer om kalm te blijven. 'Nee, wacht', zei ze, maar haar stem klonk hoog en piepend en verraadde onmiddellijk haar angst. 'Ik wil niet... Ik zal niet...'

Andres keek haar recht aan. Toen hij begon te praten, deed hij dat zonder zijn kiezen van elkaar te halen. 'Natuurlijk doe je dat wel. Natuurlijk doe je je mond open, natuurlijk ren je meteen naar de politie. Het was jouw keuze om hier te komen, Anna, je had er eerder over na moeten denken.' Hij deed een stap naar voren, Anna week achteruit en stond vrijwel meteen tegen de muur. Ze zag de spieren in Andres' armen rollen. 'Nee!' riep ze paniekerig. 'Nee! Ik zal niks zeggen! Ik ga...' Die laatste zin werd bruut afgekapt toen Andres zijn hand over haar mond legde. Hij droeg geen handschoenen en Anna rook de sigaretten op zijn vingers. Ze probeerde zijn arm weg te trekken en toen dat niet lukte beet ze in het wilde weg, maar ze raakte niets. Met alles wat ze in zich had vocht ze om los te komen, maar het resultaat was dat ze alleen maar meer verstrikt raakte. Ze schreeuwde, maar het geluid werd gedempt door de hand voor haar mond. Andres' armen waren overal en hielden haar in een houdgreep waar ze met geen mogelijkheid uit loskwam. Plotseling voelde ze iets schuren om haar polsen, het volgende moment werd dat strakker aangetrokken en besefte ze dat het touw was. De hand was even weg en ze gilde uit alle macht, maar één gedachte aan het buitenterrein maakte dat ze wist dat het zinloos was. Niemand in de wijde omtrek zou haar horen. Toch bleef ze schoppen, slaan, krabben. Ze raakte niets dan het luchtledige. Andres werkte stug door, ongevoelig voor haar protest. Zijn hand lag nu op haar keel en Anna hapte als een vis op het droge naar lucht.

Plotseling voelde ze een felle steek in haar buik, iets kouds dat zich onder haar huid verspreidde. Ze zag de spuit die hij weer uit haar haalde en achteloos weggooide. Ze gilde. Haar armen en benen begonnen ongecontroleerd te schokken. Ze wilde verder gillen, maar er kwam geen geluid meer uit haar keel. Haar gedachten vertraagden, de kamer draaide. Andres vervaagde, werd weer scherp en vervaagde opnieuw. Ze hoorde een gegrom waarvan ze niet wist waar het vandaan kwam. Misschien was ze het zelf wel. Er klonken geluiden die ze niet kon thuisbrengen. Ze verbeeldde zich dat het stemmen waren, autodeuren, voetstappen, maar wist zelf ook wel dat dat alleen maar was wat ze zo graag wilde horen. Nog één keer keek ze naar hem, het beest, het monster, de moordenaar van haar zusje. Haar hoofd tolde en haar ogen zakten dicht, hoe ze ook haar best deed ertegen te vechten. Wakker blijven, ging het als een wanhopige mantra door haar hoofd. Wakker blijven, wakker blijven. Voor Sem. Hij flitste voorbij, zijn gezicht bang, wanhopig. Zijn stem klonk in haar oren: 'Mama!' Ze probeerde zichzelf een weg terug te vcchten, voor hem. Maar het zwart dat aan haar trok was te sterk. Nog één keer slaagde ze erin haar ogen te openen, toen zakte ze weg in een peilloze diepte.

# Hoofdstuk 11

HET BEGON MET EEN ZACHT GETIK. EEN PAAR KEER EN toen hield het op, om daarna weer te beginnen. Er zat ritme in, regelmaat, misschien dat het daarom opviel. Of omdat het het enige geluid was in een poel van doodse stilte. Tik, tik, tik. Dan niets. En dan weer tik, tik, tik.

Ze wilde niet wakker worden. De stilte was fijn, de duisternis veilig en warm. Het ontbrak haar aan de kracht om gedachten te hebben die verder gingen dan het prettige getik, laat staan dat ze een manier kon verzinnen om haar ogen te openen. Moe, dat was ze. Zo moe dat ze niet dacht dat ze het met slapen ooit zou kunnen oplossen. Toch was dat een begin. Slapen. Zo lang slapen dat de tijd zou blijven stilstaan.

Ze stond zichzelf toe opnieuw weg te zakken. De diepte trok aan haar, aanlokkelijk, verleidelijk. Veel makkelijker dan haar ogen te openen. Ze liet zich alweer meevoeren, maar dat getik, dat bleef. Het belette haar het laatste stapje naar de diepte te zetten, als een nare gedachte die je maar niet kunt loslaten wanneer je eigenlijk wilt slapen. Een gedachte die je eerst moet afmaken, of vormgeven, of desnoods opschrijven, zodat je hem daarna kunt loslaten. Het was alsof ze het getik eerst moest lokaliseren en daarna moest laten stoppen. Ze had alleen geen idee hoe ze dat moest doen.

Terwijl ze probeerde te bedenken hoe ze haar ogen zou kunnen openen, realiseerde ze zich tegelijkertijd dat het vreemd rook. Naar schoonmaakmiddel, maar geen gewoon schoonmaakmiddel. Er zat een scherpe ondertoon in, alsof iemand een hele fles had omgegooid vlak onder haar neus.

Vaag drongen stemmen tot haar door. Een man en een vrouw. Ze probeerde te bepalen of hun stemgeluid haar bekend voorkwam, maar die vraag was te veel voor haar hoofd. Haar gedachten leken te blokkeren, bijna letterlijk. Alsof ze op een randje stond en als ze verder probeerde te denken, was er alleen maar diepte en donker. Sowieso had ze het gevoel dat er aan haar werd getrokken. De diepte was niet angstaanjagend, maar juist aanlokkelijk. Ertegen vechten maakte haar moe, nog veel meer dan ze al was. Ze kon niet meer vechten.

Even liet ze zich meesleuren. Het voelde goed, behalve dat ergens in haar verzet ontstond. Er was iets – ze wist niet wat, maar het leek nog het meest op een stem – dat haar vertelde dat het niet de goede keuze was. Niet laten meevoeren, niet de makkelijke weg kiezen. Ze moest juist wel vechten. Als ze dat niet zou doen, was ze verloren. Dwars ertegenin, dat was het enige wat ze kon doen. Voor haar geestesoog verscheen een jongetje, blond, grote blauwe ogen. Het duurde even voor ze zich realiseerde wie hij was.

'Sem', zei ze, al wist ze niet of ze het woord daadwerkelijk uitsprak. Misschien was er niet meer te horen dan een ademtocht, misschien bewoog ze alleen haar lippen. Misschien deed ze wel helemaal niets, maar voor haar gevoel spande ze zich tot het uiterste in voor hem. Hij was de reden dat ze niet in het diepe verdween. Hij was niet in het diepe, hij was daar waar hij bijna niet bereikbaar leek. Ze spande zich nog verder in.

'Anna.'

Dat was de mannenstem, die ineens erg dichtbij klonk. Ze bewoog haar gezicht richting het geluid en probeerde haar ogen te openen, maar dat lukte niet echt. Ze wist niet of haar spieren dienst weigerden of dat haar oogleden ineens echt zo zwaar waren geworden, maar het leek alsof ze lood probeerde te verplaatsen. Ze bewoog haar mond, maar opnieuw was ze niet zeker of ze wel geluid voortbracht. En eigenlijk wist ze ook niet wat ze precies wilde zeggen. Misschien dat ze het probeerde, dat ze terug wilde, maar dat ze wat meer tijd nodig had.

De mannenstem maakte plaats voor een vrouwenstem. Die bracht een golf van herkenning teweeg.

'Anna, ik ben het, Ciska. Je bent veilig.'

Anna merkte dat die woorden iets bij haar losmaakten, maar ze wist zelf nog niet goed waarom. In elk geval voelde ze opluchting. Er waren meer gedachten en gevoelens, maar het lukte haar niet om daar grip op te krijgen. Elke keer als ze het probeerde, leken ze net te ontsnappen. Ze wist dat er iets was, iets groots, maar ze voelde zich niet in staat dat terug te halen.

'An, hoor je me?' Dat was Ciska weer. Haar vriendin, Anna wist het weer. Ze bewoog haar lippen. 'Cis', zei ze en deze keer lukte het haar wel om het woord daadwerkelijk te vormen.

'Ze praat!' riep de stem. 'Ik hoorde het! Ze zei mijn naam.'

Even klonk er gerommel, toen was er een derde stem. Een vrouw. Ze sprak Spaans, hoorde Anna, al weigerden haar hersenen vooralsnog om de woorden om te zetten naar het Nederlands. Iemand voelde aan haar pols, er werd iets kouds op haar borst gezet. Meer woorden. Ze voelde iets in haar oor en er klonk een piepje.

Ze had het gevoel dat ze weer iets dichter bij de oppervlakte was gekomen. Misschien kwam het door de aanrakingen of door de Spaanse woorden. Ze wilde weten waar ze was. De geur had zich inmiddels omgezet in een herinnering en ze begon er steeds meer van overtuigd te raken dat ze zich in een ziekenhuis bevond. Die gedachte maakte haar niet bang of zelfs maar verbaasd. Ze had de vreemde gewaarwording dat het voor haar op dit moment logisch was om in een ziekenhuis te zijn, zonder dat ze wist waarom dat zo was.

Ze haalde diep adem en merkte dat dat pijn deed in haar keel. Daarna probeerde ze te slikken, maar ook dat ging moeizaam. Ze probeerde opnieuw haar ogen te openen. Deze keer lukte dat ver genoeg om een streepje licht door te laten. Daarna spande ze zich tot het uiterste in en kreeg ze haar ogen verder open. Haar beeld was wazig, maar het lukte haar om een gestalte te onderscheiden.

'Anna!' Dat was de stem van Ciska. Haar vriendin pakte haar hand en kneep erin. 'Je bent wakker. Ze is wakker!' Dat laatste was blijkbaar bedoeld voor andere mensen in de kamer. De andere vrouw was er weer en voelde opnieuw aan Anna's pols. Daarna zei ze een paar woorden en liep weg op krakende zolen.

Anna sloot haar ogen weer even. Er kwamen beelden op waarvan ze niet goed wist wat ze ermee moest. Het leken scènes uit een film of iets wat ze van een afstand had gadegeslagen. En tegelijkertijd waren de beelden zo bekend dat ze wist dat ze meer betekenden, dat ze er zelf onderdeel van uit had gemaakt. Ze zag paarden, een man, foto's, een trap – alles door elkaar. Haar hart begon te bonken en ze sloeg haar ogen open. Paniekerig keek ze om zich heen, ze merkte dat ze zweette.

'Anna.' Ciska klonk bezorgd. 'Anna, wat gebeurt er? Zuster!' Dat laatste woord was in het Engels. Meteen was de vrouw op de krakende schoenen terug in de kamer. Anna schudde haar hoofd, als om aan te geven dat het wel weer ging. 'Ik...' bracht ze uit. 'Ik dacht even... Ik zag...'

Er werden wat woorden uitgewisseld, die Anna nog kon verstaan. Toen verdween de vrouw weer. Daarna was haar vriendin weer bij haar en aaide over haar hand.

'Lieverd, alles komt goed. Hij kan je niks meer doen. De politie heeft hem.'

Anna zag tranen op het gezicht van haar vriendin. Weer kwamen er beelden in haar hoofd terug. Beelden waarvan ze zelf schrok. Handen voor haar mond, handen om haar keel. Ze slikte moeizaam en haalde diep adem. Toen ze zuurstof naar binnen zoog, voelde ze opluchting.

'Wat...' begon ze, maar het kostte haar moeite om de vraag af te maken. 'Wat is...'

'Wat er gebeurd is?' vroeg Ciska. Ze knipperde even en keek om naar iemand die schuin achter haar stond. Anna verplaatste haar blik en zag de man, wiens stem ze blijkbaar net al had gehoord.

'Dit is Javier', zei Ciska. 'Ken je hem nog?'

Anna knikte moeizaam, omdat ze wist dat ze zijn naam eerder had gehoord. Het kostte haar moeite om haar blik scherp te stellen op zijn gezicht, maar de trekken die ze kon ontwaren, kwamen haar ook bekend voor.

'Hij is de zoon van Julian Bossa', legde Ciska ondanks Anna's knikken uit. 'De politieman. Je hebt hem foto's gestuurd vanuit de kelder.'

Anna had even tijd nodig om die informatie te verwerken. Kelder... foto's... Ineens kwam er van alles tegelijk terug. Ze ademde in, zo hard dat het opnieuw pijn deed.

'Daar heb je echt heel goed aan gedaan, Anna', zei de man. Hij praatte Engels en dat was beter te doen dan Spaans. Het kostte wat tijd, maar de woorden lieten zich in haar hoofd omvormen naar Nederlands. 'Dankzij je berichten konden we je niet alleen vinden, je hebt ook iets ontdekt dat zo groot is, dat...' Hij onderbrak zichzelf. 'Dat is nu ook niet het belangrijkste. In elk geval waren we op tijd bij je en hebben we Andres Rodriguez kunnen arresteren. Jij bent met de ambulance naar het ziekenhuis gebracht en gelukkig was de heer Rodriguez er nog niet in geslaagd je een tweede dosis te geven van het middel waarmee hij je heeft geïnjecteerd.'

'Je komt er weer helemaal bovenop, An', zei Ciska, terwijl ze over Anna's hand wreef. 'Het was kantje boord en de artsen waren even bang...' Ze zweeg en besloot toen om dat deel van de zin maar over te slaan. 'Ik zei: "Dan kennen jullie mijn vriendin nog niet." En natuurlijk ben je er nog. Je bent zo sterk, je hebt je teruggevochten.'

Er klonk een ping en Ciska keek op het scherm van haar

telefoon. Daarna zei ze iets tegen Javier dat Anna niet verstond. Het was in het Engels. Ciska pakte haar tas.

'Ik kom straks terug', zei ze en ze drukte een kus op Anna's voorhoofd voor ze verdween.

Tegelijk met Ciska verliet ook Javier de kamer. Ineens was het stil. Anna sloot haar ogen en voelde de diepte weer aan zich trekken, maar het lukte haar steeds beter daar weerstand aan te bieden. Haar hoofd zat alleen vol watten. Alles kwam vertraagd binnen, als door een laag water. Ze opende haar ogen weer en probeerde een beeld te krijgen van de kamer. Het plafond was wit, de muren zachtgeel. Er kwam iemand binnen, ze zag dat het Javier was.

'Ik heb mijn vader even gebeld', zei hij toen hij naast Anna's bed ging zitten. 'Hij was ook zo bezorgd om je.'

Anna had even tijd nodig om die woorden te plaatsen, maar toen kwam het gezicht van de vriendelijke oud-politieman bij haar op. Er was nog iets, realiseerde ze zich. Ze gunde zichzelf tijd om na te denken. Toen wist ze het weer. 'Het ongeluk', zei ze mompelend en toen ze zich na een paar seconden realiseerde dat ze Nederlands had gesproken, herhaalde ze het woord in het Engels.

'Ja.' Er gleed een schaduw over Javiers gezicht. Zijn trekken kregen iets hards. 'Er was Andres een hoop aan gelegen dat de waarheid onontdekt zou blijven. Alleen al omdat zijn zoon mijn vader bijna heeft doodgereden, mogen ze allebei hun straf niet ontlopen.'

Anna knikte half. Toen verzachtte Javiers gezicht weer. 'Maar dat is van later zorg', zei hij. 'Het belangrijkste is nu dat jij het hebt overleefd.'

Anna fronste. 'Wanneer is...' begon ze, maar die zin leek ineens erg ingewikkeld. 'Welke dag...'

'Welke dag het is?' begreep Javier meteen. 'Het is zaterdag. Zaterdagochtend. Het is gistermiddag gebeurd en je bent best een tijdje van de wereld geweest.'

'Oké.' Anna knikte en had moeite die informatie te plaatsen. De vermoeidheid begon weer de overhand te nemen en haar ogen zakten langzaam dicht.

'Je moet rusten', zei Javier, terwijl hij opstond. 'Ga lekker slapen. Ik kom straks weer terug.'

Anna merkte amper nog dat hij de kamer uit liep. Ze liet zich meetrekken en even later viel ze in een diepe slaap.

Van veraf drongen geluiden tot haar door. Voetstappen, iemand die door de kamer liep. De geur van schoonmaakmiddel drong haar neus binnen, maar deze keer was ze niet verwonderd. Sneller dan eerst kwamen er gedachten terug. Het ziekenhuis, Ciska, Javier. Ze wist waar ze was en wat er was gebeurd, al was dat laatste nog altijd moeilijk te plaatsen.

Langzaam opende Anna haar ogen. Ciska was terug. 'Hé', zei haar vriendin en ze streek een haarlok van Anna's voorhoofd. 'Hoe voel je je?'

Anna knikte een beetje. 'Oké.'

'Er is iemand voor je', zei Ciska.

Anna fronste. 'Hoe bedoel je?'

'Ik heb hem net van het vliegveld gehaald. Toen hij hoorde wat er was gebeurd, is hij meteen hiernaartoe gekomen.'

Anna zag aan het gezicht van haar vriendin dat ze een beetje opgewonden was. 'Wie dan?' vroeg ze, maar Ciska gaf geen antwoord. In plaats daarvan draaide ze zich om en wenkte.

Anna keek langs Ciska heen en moest een paar keer knipperen voor ze geloofde dat ze het goed zag. 'Pieter?' zei ze half vragend, hoewel ze de persoon in de deuropening natuurlijk wel herkende.

'Anna', zei hij, en het volgende moment werd hij overmand door tranen. In twee stappen stond hij naast haar bed. Anna slikte moeizaam. 'Ik...' zei ze, maar ze kon eigenlijk niets uitbrengen. Ze wist ook niet goed wat ze wilde zeggen. Flarden van zinnen kwamen in haar op. Zinnen die ze allemaal wilde uitspreken. Dat ze zo blij was dat hij er was. Dat ze niets liever wilde.

Pieter ging zitten, pakte haar hand en hield die tussen zijn beide handen. Anna voelde een traan langs haar slaap naar beneden glijden. Pieter likte aan zijn lippen. Toen hij begon te praten, klonk zijn stem breekbaar. 'Ik was zo bang dat ik je kwijt was.'

Anna gaf geen antwoord. Ze knikte alleen maar en wist dat het niet nodig was om iets te zeggen.

*Drie maanden later*

# Hoofdstuk 12

'MAMA!' OVER HET RULLE ZAND KWAM SEM VERRASSEND snel naar haar toe gerend. Hij spreidde zijn armen en Anna ving hem moeiteloos op. Ze wilde hem optillen, maar hij maakte zich snel los en holde er in tegengestelde richting weer vandoor, waarna hij afboog in de richting van de zee in de verte. Grinnikend keek Anna hem na. Hij werd groot, bedacht ze niet voor het eerst.

'Je denkt toch niet dat je hem nog mag optillen, hè?' Naast haar klonk de stem van Pieter, ook lachend. 'Hij is al acht, weet je nog?'

Anna knikte. 'Alleen 's avonds is hij nog klein', zei ze met iets van vertedering in haar stem. Net voor het slapengaan, als Sem zo lekker bij haar kroop en ze haar neus in zijn nek begroef: dat was een van haar favoriete momenten van de dag. Dan kletsten ze over wat ze die dag hadden gedaan en vertelde Sem honderduit over zijn dino's of zijn skelter. Gisteren had Anna hem voor het eerst gevraagd wat hij ervan zou vinden als papa en mama weer in één huis zouden gaan wonen. Sem had haar ongelovig aangekeken. 'Echt?' was zijn verbijsterde wedervraag geweest, alsof Anna het werkelijk leuk zou vinden hier een grap over te maken.

'Ja, echt', had ze bevestigd. Het klonk haarzelf ook nog wat onwennig in de oren, maar wel op een goede manier. Het klopte, en het ging elke dag meer kloppen. Destijds, zoveel jaar geleden, was de timing niet goed geweest, nu was de timing perfect. Ze hadden de tijd apart nodig gehad om samen verder te kunnen, daarvan was ze overtuigd.

Achteraf gezien realiseerde ze zich dat ze het meteen had geweten, dat moment dat Pieter verscheen in de deuropening van haar ziekenhuiskamer. In de tijd ervoor had ze het er weleens gekscherend met Ciska over gehad en de gedachte was vaker dan normaal door haar hoofd gegaan, maar ze had nooit serieus gedacht dat het een optie zou zijn. Nu wist ze niet meer waarom. Misschien omdat ze zichzelf te snel had afgekapt, of omdat ze ervan overtuigd was geweest dat Pieter daarvoor niet openstond. Al was het gegeven dat ze na hun relatie allebei nooit meer een serieuze partner hadden gehad, misschien wel veelzeggend.

'Ik laat je niet meer alleen', had Pieter die dag gezegd en Anna had alleen maar geknikt, omdat ze tot weinig anders in staat was. Ze had gedacht dat hij in het ziekenhuis bedoelde, maar gehoopt dat zijn woorden groter waren bedoeld. In de twee dagen dat ze nog in het ziekenhuis had moeten blijven, had ze naast veel geslapen ook veel met Pieter gepraat. Over haarzelf en hoe bang ze was geweest, over Yara en over hoe alles in een ander licht was komen te staan. Anna had nog steeds weleens moeite het allemaal te bevatten en zeker die eerste dagen was het bijna niet te doen geweest. Gelukkig was Pieter er toen geweest om samen met haar eindeloos dezelfde feiten te herhalen en aan elkaar te leggen en nog eens te herhalen. Zijn rust, zijn betrouwbaarheid – ze kon bijna niet geloven dat ze die eigenschappen jaren geleden zomaar voor lief had genomen. Of dat die haar soms zelfs hadden geïrriteerd, omdat ze zelf jong en veel te rusteloos was geweest.

Het was ook fijn dat Vincent een dag later naar Ibiza was gekomen. Er moesten gesprekken met de politie worden gevoerd, de recherche heropende het onderzoek naar Yara's dood om het snel daarna alweer te sluiten, maar deze keer met de juiste conclusie. Toen Anna na twee dagen uit het ziekenhuis was, had ze een getuigenis afgelegd op het politiebureau. Het had haar meer energie gekost dan ze had, maar ze wilde het per se doen. Niet dat Andres Rodriguez zonder haar getuigenis vrijuit was gegaan.

'Het gebeurt niet vaak dat we op zo'n enorme stapel bewijsmateriaal stuiten', had een van de rechercheurs letterlijk gezegd. 'Wat u heeft gevonden is genoeg voor wel twintig rechtszaken.'

Dat bleek nog een understatement. Het onderzoek was nog lang niet afgerond, maar nu al had de recherche in vertrouwen met Anna gedeeld dat Andres Rodriguez zou worden aangeklaagd voor meer dan vijftig zaken op het gebied van het vervaardigen van kinderporno en nog een aantal afpersingszaken. Anna's wilde gok toen ze de foto's aan het lijntje had gezien, was meteen de juiste gebleken.

'Levenslang', had Javier geroepen, nog maar net nadat het allemaal aan het licht was gekomen. Anna wenste het niet alleen vurig, ze durfde er ook al op te vertrouwen. Al die kinderporno, afpersing en natuurlijk de moord op Yara – de kans dat Andres Rodriguez ooit nog uit de gevangenis zou komen, was niet erg groot.

Anna vond het een geruststellend idee dat naast Andres ook Emilio een straf boven het hoofd hing. Sowieso had hij geweten van de praktijken van zijn vader – al was het niet helemaal duidelijk of hij daadwerkelijk van de omvang ervan op de hoogte was geweest – en daarnaast had hij actief deelgenomen aan een aantal afpersingszaken. Waar de rijken van het eiland vroeger wegkwamen met dit soort feiten, was de publieke opinie in de loop der jaren veranderd. Criminelen moesten worden veroordeeld, rijk of niet, invloedrijk of niet, bekend of niet. Bovendien was in de loop van het onderzoek ook nog eens gebleken dat Emilio zich, los van zijn vader, had beziggehouden met drugshandel en -smokkel, waarvoor hem een aparte strafzaak boven het hoofd hing. Anna was er blij om. Ze wist inmiddels dat Emilio haar bewust had opgezocht om haar tegen te houden en hij had bij de recherche bekend dat hij bereid was geweest ver te gaan. Javier had het niet met zoveel woorden gezegd, maar hij had duidelijk laten blijken dat het maar goed was dat ze op een bepaald moment wat afstand had genomen. Emilio was bijna nog fanatieker dan zijn vader waar het aankwam op de bescherming van de familie. Anna kon zichzelf wel voor haar kop slaan dat hij bij haar geen argwaan had gewekt. Ciska had keer op keer gezegd dat ze dat uit haar hoofd moest zetten. Hoe had ze het dan ook kunnen weten?

Antonio was gelukkig een ander verhaal. Hij bleek slechts een loopjongen en voerde gewoon opdrachten uit. De politie had onderzoek naar hem gedaan, maar hij ging vrijuit. Anna wist dat Ciska dat een prettig idee vond. Haar vriendin was echt een beetje verliefd geweest en de wetenschap dat ze in elk geval niet met een crimineel het bed had gedeeld, stelde haar gerust.

'Ik vind het een fijn idee dat die engerd straks in de bak zit', had Pieter al een paar keer gezegd, toen ze het over Emilio hadden. 'Dan kun je in elk geval gewoon naar Ibiza zonder hem tegen te komen.'

Dat was Anna met hem eens, al was ze gek genoeg niet zo bang voor Emilio. Het stomste wat hij kon doen, was nu achter haar aan gaan. Ze geloofde ook niet dat hij zoiets van plan zou zijn, hij had andere problemen om zich druk om te maken. Misschien zou hij haar zien als katalysator, dat was mogelijk, maar dat hij daadwerkelijk wraak zou nemen, leek haar meer iets uit een slechte film. Alsof de politie dan niet meteen op zijn stoep zou staan.

'Ik ben in elk geval bij je om je te beschermen', had Pieter half gekscherend gezegd toen ze het er een keer over hadden. Twee weken geleden had Anna aan het verhuurbureau doorgegeven dat ze graag drie weken zelf in het huis wilde zitten. Dat was maar net op tijd, de villa was ook al bijna het hele naseizoen verhuurd. Maar het was belangrijk voor haar om erheen te gaan. Ze hield van het huis, en van het eiland, en wat er was gebeurd had daaraan niets veranderd. Ze weigerde om dat te laten gebeuren. Dan zou Andres haar iets afnemen wat haar heel dierbaar was en dat gunde ze hem niet.

Even maakte haar hart een sprongetje bij het idee dat

zij, Pieter en Sem straks met z'n drieën naar het eiland konden gaan. Als gezin. Anna wist zeker dat haar vader en moeder het geweldig hadden gevonden. Meer dan ooit hoopte ze dat haar ouders vanuit waar ze ook waren nog even konden meekijken. Ze was ervan overtuigd dat ze zouden glimlachen.

Ze dacht weer aan gisteravond, toen ze aan Sem had gevraagd wat hij ervan vond dat hij binnenkort nog maar één huis zou hebben. Anders dan ze had verwacht, had hij even tijd nodig gehad voor zijn antwoord. Achteraf gezien begreep ze wel dat hij niet meteen juichend was opgesprongen. Niet dat het idee hem niet aanstond, maar hij was al zo lang gewend dat papa en mama allebei een eigen huis hadden, dat hij zich waarschijnlijk niet zo makkelijk kon voorstellen hoe het zou zijn als aan die situatie een einde kwam. Niet dat hij het in al die jaren nooit had gevraagd, maar dan had Anna altijd geantwoord dat andere papa's en mama's misschien wel een huis konden delen, maar dat het voor Pieter en haar beter was als ze dat niet deden. Die situatie had Sem geaccepteerd en het deed hem ook geen verdriet, omdat hij niet anders kende.

'Net als bij Max', had hij toen gezegd, doelend op zijn neefje, de zoon van Pieters zus. Daarna waren er nog meer namen van vriendjes gekomen. Sem had allerlei vragen gehad. Slapen jullie dan in één bed? Brengen jullie me samen naar school? Anna had overal bevestigend op geantwoord, ook toen Sem vroeg of ze dan heel vaak met z'n allen naar Texel zouden gaan, want dat vond hij het allerleukste om te doen, had hij verklaard. Anna had hem groot gelijk gegeven. Ze waren nu twee dagen met z'n drieën op het Waddeneiland en het was heerlijk. Dat het al oktober was en je niet meer in de zee kon zwemmen, deed daaraan niets af. Het was prachtig herfstweer en gisteren hadden ze zelfs een tijd buiten gezeten, in de tuin van het vakantiehuisje. Achter het windscherm was het zo warm geweest dat ze geen jas nodig hadden gehad. 'Net Ibiza', had Pieter gezegd en daarna leek hij wat te schrikken van zijn eigen woorden en had zijn excuses ervoor aangeboden. Anna had gelachen en gezegd dat dat niet nodig was. Er was meer voor nodig om haar liefde voor het eiland om zeep te helpen. Veel meer.

Toch had alles wat er was gebeurd er natuurlijk diep in gehakt. Er waren nog steeds nachten dat ze badend in het zweet en met een schreeuw wakker werd, omdat ze alles opnieuw beleefde. Dan zag ze Andres Rodriguez weer voor zich, zo levensecht, zo gedetailleerd dat ze ervan overtuigd was dat ze terug was in zijn kantoor en dat hij deze keer wel zou winnen.

Ze naderden het dorp en Pieter wees naar een klein cafeetje bij de strandopgang. 'Zullen we hier even koffiedrinken?'

Het tentje had een vlonderterras met windschermen en ze namen plaats achter een van de schermen. Bij de serveerster bestelden ze twee koffie en warme chocomel voor Sem. Het was helemaal niet koud, maar hij wilde het zo graag en Anna kon zijn smekende blik niet weerstaan.

Net toen ze haar gezicht genietend naar de zon draaide, ging haar telefoon. Ze keek op het schermpje om te zien wie het was.

'Hé Vincent', zei ze toen ze opnam.

'Hé.' Haar broer liet even een stilte vallen. 'Hoe is het?'

'Goed.' Anna merkte dat ze haar antwoord vanuit haar

tenen meende. Het ging sowieso elke dag een stukje beter, maar zo ontspannen als ze nu was, had ze zich lange tijd niet gevoeld.

'Mooi', zei haar broer gemeend. 'Dat wilde ik gewoon even vragen.'

Ze kletsten nog even en Anna realiseerde zich dat dit vroeger niet mogelijk was geweest. Vincent had nooit gebeld voor de gezelligheid, of om even te vragen hoe het ging. Het haastige, het zakelijke dat er altijd was geweest, was bij hem verdwenen. Er was echt iets veranderd bij hem. Hij liet zijn gevoel meer blijken en een paar weken geleden had ze voor het eerst echt met hem gepraat over wat de dood van Yara voor hen had betekend. Toen was ze ook gaan begrijpen dat er door het verlies van hun zusje bij Vincent een deur op slot was gegaan die hij niet makkelijk opende. De angst voor verdriet, de angst om mensen kwijt te raken, zijn pogingen om gevoel weg te stoppen zodat hij het niet hoefde te voelen. Het was natuurlijk erg dat er zoiets heftigs moest gebeuren om bij hem iets te forceren, maar Anna was blij dat alles wat ze had meegemaakt, in elk geval tot goede dingen had geleid.

'Bijna was ik nog een zus kwijtgeraakt', had Vincent gezegd. 'Toen ben ik me pas gaan realiseren wat er echt belangrijk is in het leven.'

Voor veel mensen zou zoiets misschien als een cliché klinken, Anna wist dat het voor Vincent heel wat was dat hij zich dit uit zichzelf realiseerde.

De koffie werd gebracht en Anna roerde nadenkend. Ze keek uit over het brede strand en de zee in de verte. Daarna liet ze haar blik verder dwalen. Naast haar zat Sem met een grote snor van slagroom op zijn bovenlip. Pieter had haar blik gevolgd en staarde ook naar het strand. Hij leek verzonken in zijn gedachten. Anna vroeg zich af waaraan hij dacht, maar ze stelde die vraag niet hardop. Liever bleef ze nog even naar hem kijken, terwijl hij het niet doorhad. Ze voelde een traan opwellen in haar oog, maar die was niet van verdriet. Ze wist niet eens goed waar die traan wel voor stond. Geluk, maar met een diepere laag. Nieuw gevonden. Hervonden. Ze wist in elk geval heel zeker dat ze dit nooit meer zou laten gaan.

Het gaat dj Rosa van Leeuwen voor de wind: een bloeiende carrière, een prachtig huis op Ibiza, een succesvolle vriend. Maar dan zet een onverwachte gebeurtenis haar bruisende leven op scherp. Ze heeft alleen ze geen idee wie het op haar heeft gemunt...

*Ibiza Club*

ISBN 978 94 6068 441 8

€ 15,-

*Tijdens de jaarlijkse vakantie aan de Zeeuwse kust merkt Eline dat haar vriendin Lydia gespannen is. Komt dit door het geflirt van haar man of is er meer aan de hand?*

Eline van As kijkt uit naar de jaarlijkse vakantie met haar twee vriendinnen van vroeger, Lydia en Sascha. Ze kennen elkaar van de zomers die ze als kind doorbrachten in Zoutelande. Elk jaar komen ze in september daar samen om te ontspannen en bij te praten.

Lydia heeft afgelopen jaar samen met haar man Gert een strandtent overgenomen en daar kunnen de vriendinnen verblijven. Het was een druk seizoen en het valt Eline op dat haar vriendin echt aan rust toe is. Eline zelf heeft een bewogen jaar achter de rug en kan ook wel wat ontspanning gebruiken.

Eerst lijkt dat te gaan lukken: het is mooi weer, ze maken lange strandwandelingen en de avonden zijn gevuld met lekker eten en wijn. Toch voelt Eline dat er iets niet klopt. Komt dat door het flirtgedrag van Gert? En wat heeft een recente verdrinking in Zoutelande ermee te maken? Als Eline er op een gruwelijke manier achter komt wat er speelt, zit ze er al middenin. En dan is het de vraag hoe ze hier nog uitkomt.

*Zoutelande*

Paperback, 256 pagina's

ISBN 978 94 6068 416 6

€ 15,-

*Tijdens de gezinsvakantie op een Spaanse camping hoopt Irene weer dichter tot haar man te komen. Maar dan zet een onverwachte ontmoeting alles in een ander daglicht.*

Als Irene van Hout erachter komt dat haar man haar heeft bedrogen met een ander, breekt een moeilijke tijd aan. Irene wil nadenken, maar de zomervakantie staat voor de deur en hun kinderen Nikki en Stef verheugen zich op de jaarlijkse campingvakantie aan de Costa Brava.

Eenmaal in Spanje wordt de sfeer gelukkig wat meer ontspannen. De kinderen genieten volop en onder de Spaanse zon heeft Irene eindelijk de tijd om na te denken. Maar dan ontmoet ze Bob...

*Costa Brava*
ISBN 978 94 6068 442 5
€ 10,-

*Tijdens hun vakantie op een tropisch eiland maken Saar en Niek al snel nieuwe vrienden. Maar dan doet Saar een vreselijke ontdekking...*

Saar en haar vriend Niek hebben een grote teleurstelling te verwerken gekregen: hun vurige kinderwens zal onvervuld blijven. In een opwelling boeken ze een vakantie naar Bonaire. Ze willen even eruit, weg van het Nederlandse winterweer, bijkomen en elkaar weer vinden. Het Caribische eiland met zijn prachtige stranden en altijd schijnende zon lijkt daarvoor de perfecte plek. Als ze ook nog een Nederlands stel ontmoeten met wie het meteen klikt, hebben ze een topvakantie.

Terwijl Saar en Niek genieten van de zon, is op Bonaire de Nederlander Patrick Koelstra vermist geraakt. De politie staat voor een raadsel: Patrick is na een strandfeest zomaar van de aardbodem verdwenen. Door een ongelukkig toeval kruist de zaak van de vermissing de vakantie van Saar en Niek, die daarna een stuk minder onbezorgd is. Saar krijgt de schrik van haar leven te verwerken en langzaamaan ontvouwt zich een nachtmerrie waarin ze alle grip lijkt kwijt te raken.

*Bestemming Bonaire*
Paperback, 224 pagina's
ISBN 978 94 6068 439 5
€ 10,-

*Het geslaagde zomerkamp in Egmond aan Zee verandert in een nachtmerrie als een van de kinderen spoorloos verdwijnt...*

Net als andere jaren besteedt Laurien van Poelgeest de eerste week van de zomervakantie als leiding op een zomerkamp voor kinderen. Ook al kan ze na haar eerste jaar als lerares Nederlands op een middelbare school wel vakantie gebruiken, ze heeft veel zin in het kamp. Sinds ze zelf als kind meeging, heeft ze nog geen jaar overgeslagen. Haar tweelingzus Tessa is er ook. Ook heeft Laurien haar collega Pieter gevraagd om mee te gaan. Dat zij en Pieter al een tijd aan het flirten zijn, maakt het kamp voor haar des te leuker.

Het kamp in de duinen is een groot succes. Het is mooi weer, de kinderen hebben het naar hun zin en dat geldt ook voor Laurien, zeker als zij en Pieter 's avonds bij het kampvuur steeds nader tot elkaar komen. Bij datzelfde kampvuur gaat het ook over die ene gebeurtenis, vijfentwintig jaar geleden, toen een jongetje verdween van het kamp en verdronk in zee.

Nu lijkt de geschiedenis zich te herhalen. Op klaarlichte dag verdwijnt een van de kinderen. Niemand heeft echter iets gezien of gehoord en het jongetje is onvindbaar...

*Zomernacht*

Paperback, 240 pagina's

ISBN 978 94 6068 427 2

€ 10,-

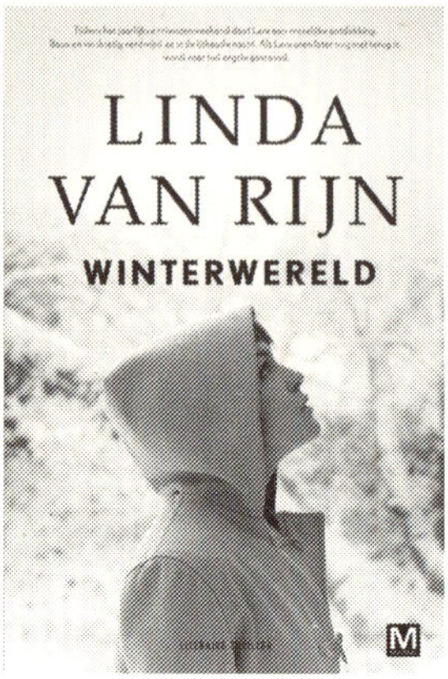


*Tijdens het jaarlijkse vriendenweekend doet Lara een vreselijke ontdekking. Boos en verdrietig verdwijnt ze in de ijskoude nacht. Als Lara uren later nog niet terug is, wordt voor het ergste gevreesd.*

Lara van Dam verheugt zich op een knus winterweekendje met haar vriendengroep. Ze hebben een huisje gehuurd in de Brabantse bossen en er zijn geen andere plannen dan eten, drinken en bijkletsen bij de open haard. Maar het weekend loopt totaal anders als Lara er op de eerste avond achter komt dat haar vriend Yves is vreemdgegaan. Lara is woedend en wil naar huis, maar zonder rijbewijs en openbaar vervoer komt ze niet ver. Boos en verdrietig loopt ze weg, het donkere en ijskoude bos in. Het maakt haar niet uit, als ze maar niet terug hoeft naar het huisje. Wanneer vervolgens ieder spoor van Lara ontbreekt, worden de vrienden ongerust en gaan haar zoeken. Maar dat loopt uit op een nachtmerrie...

*Winterwereld*
Paperback, 224 pagina's
ISBN 978 94 6068 437 1
€ 6,-

*Eva en Leon genieten van een relaxte vakantie in een Drents vakantiehuisje. Maar dan verdwijnt de kleine Max...*

Eva kijkt uit naar de eerste gezinsvakantie met haar vriend Leon en hun zes maanden oude baby Max. Hoewel ze dol is op Max vindt ze haar leven sinds zijn komst wel erg druk geworden en daardoor heeft ze het gevoel dat zij en Leon een beetje langs elkaar heen leven. Ze hoopt op vakantie weer tot elkaar te komen en eindelijk eens echt alle tijd voor Max te hebben. Dat is iets wat ze, voor haar gevoel, in het dagelijks leven met werk en verplichtingen soms te weinig heeft.

Omdat Eva en Leon het niet zien zitten om heel lang te reizen met de baby, kiezen ze voor een bestemming dichter bij huis. Eva's ouders hebben een zomerhuisje in de Drentse bossen dat ze drie weken mogen gebruiken.

De eerste week is het een onbezorgde en zonovergoten vakantie. Tot Eva op een nacht wakker wordt van een vreemd geluid in de tuin. Als ze daarna even bij Max gaat kijken, ziet ze een leeg bedje...

*Zomerhuis*
Paperback, 288 pagina's
ISBN 978 94 6068 423 4
€ 6,-

*Na een cocktailparty op het strand verandert de relaxte vakantie van Amber in een regelrechte nachtmerrie...*

Vanwege hun 40-jarig huwelijksfeest nemen Herman en Ineke van Heesch hun kinderen en kleinkinderen mee op een winterzonvakantie naar Curaçao.

Op een avond besluiten de schoonzusjes Amber en Sophie te gaan stappen en ze gaan naar een cocktailparty op het strand. De vrijgevochten Amber voert de keurige huismoeder Sophie de ene cocktail na de andere. Sophie raakt zowaar los en is de hit van de avond op de dansvloer. Ze gaat zelfs in op de avances van een knappe en charmante Antilliaan. Amber vindt het reuzegrappig om deze kant van de brave Sophie te zien en vermaakt zich kostelijk.

Als de party ten einde loopt en Amber naar huis wil, kan ze Sophie nergens vinden. Amber moet eigenlijk wel grinniken om de situatie: de brave Sophie, die waarschijnlijk ergens ligt te rollebollen met een knappe Antilliaan. Maar als Sophie ook de volgende dag niet naar huis terugkeert, blijkt er niet veel meer te lachen.

*Winterzon*
Paperback, 240 pagina's
ISBN 978 94 6068 408 1
€ 6,-

*Gedwongen door de crisis gaan Anouk en haar gezin in Nederland op vakantie. In Bergen aan Zee krijgt de onbezorgde vakantie een totaal andere wending.*

Door de crisis zit de jaarlijkse vakantie naar Spanje er dit jaar niet in voor Jan en Anouk, want de meubelwinkels waarvan Jan eigenaar is draaien minder goed. In plaats daarvan gaan ze met hun kinderen Timo en Lena naar Bergen aan Zee, waar ze gratis in het vakantiehuis van een bevriende zakenrelatie kunnen verblijven.

Anouk is hard toe aan de vakantie. Doordat Jan personeel heeft moeten ontslaan, moest ze voortdurend bijspringen. Bovendien zijn de spanningen in haar huwelijk opgelopen, omdat Jan meer oog heeft voor zijn computer dan voor haar. Anouk hoopt op vakantie weer dichter tot elkaar te komen. In eerste instantie lijkt dat ook te gebeuren. Jan is ontspannen en als hij ook nog een grote order krijgt, lijkt het eindelijk wat beter te gaan met zijn humeur. Anouk probeert op haar beurt iets positiefs te doen en organiseert een surpriseparty voor zijn veertigste verjaardag. Had ze dat maar nooit gedaan...

*Zeezicht*
Paperback, 288 pagina's
ISBN 978 94 6068 395 4
€ 6,-

*Op een reünieweekend in het winterse Wenen halen de vriendinnen herinneringen op aan vroeger. Maar als het overlijden van jaarclubgenote Daniëlle ter sprake komt, heeft dat fatale gevolgen...*

Het vijftienjarig bestaan van jaarclub Artemis mag niet ongemerkt voorbijgaan. En dus vertrekken Dominique en haar vriendinnen voor een lang weekend naar het winterse Wenen. Ook de partners mogen mee.

Nadat ze overdag de sprookjesachtige stad hebben bezocht, is het 's avonds een en al gezelligheid bij het haardvuur. De wijn vloeit rijkelijk en de jaarclubgenoten halen herinneringen op aan vroeger.

Er wordt ook stil gestaan bij het overlijden van jaarclubgenote Daniëlle, die in haar eerste studiejaar volkomen onverwacht zelfmoord pleegde. Als een van de vriendinnen in aangeschoten toestand verkondigt dat Danielle opzettelijk van het dak is geduwd, blijkt al snel dat dat niet bij iedereen goed valt. Kennelijk is iemand in de groep bereid heel ver te gaan om de waarheid te beschermen...

*De Jaarclub*
Paperback, 240 pagina's
ISBN 978 94 6068 383 1
€ 6,-

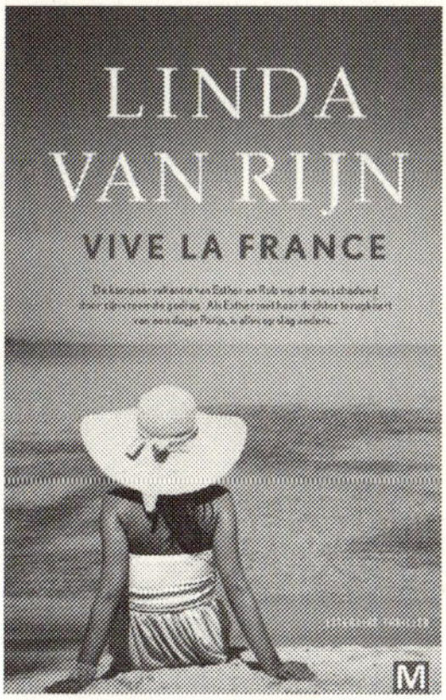


*De kampeervakantie van Esther en Rob wordt overschaduwd door zijn vreemde gedrag. Als Esther met haar dochter terugkeert van een dagje Parijs, is alles op slag anders...*

De gezellige kampeervakantie met het gezin verloopt de eerste dagen precies zoals Esther de Koning had gedacht en gehoopt. Niet voor niets had ze er enorm naar uitgezien om weer eens lekker met zijn drieën op vakantie te gaan. Maar al snel begint haar man Rob zich vreemd te gedragen: hij heeft weinig aandacht voor zijn gezin en zit continu op zijn telefoon. Er ontstaan irritaties, vooral bij Esther. Die bereiken een hoogtepunt als Rob ineens en zonder reden van camping wil veranderen. Nu is niet alleen Esther maar ook Isa de dupe van zijn vreemde gedrag.

Op de nieuwe camping lijkt het beter te gaan, maar dat is slechts van korte duur. Rob schuift het af op problemen op zijn werk, maar Esther kan dat maar moeilijk geloven. Als Esther en Isa terugkeren van een dagje shoppen in Parijs, is Rob er niet om hen op te halen van het station. Ook reageert hij niet op de oproepen en berichtjes. Maakt Rob het nu al te bont of is er heel iets anders aan de hand?

*Vive la France*
Paperback, 256 pagina's
ISBN 978 94 6068 362 6
€ 6,-

*Voor Heleen en Carlo gaat een langgekoesterde wens in vervulling met hun Italiaanse agriturismo. Het Toscaanse leven lacht hun toe tot een verschrikkelijke gebeurtenis alles op zijn kop zet...*

Als Carlo Marino zijn baan bij een bank verliest, besluiten hij en zijn vrouw Heleen te gaan voor de droom die ze al jaren koesteren: ze verhuizen met hun twee kinderen naar Toscane,waar ze in een oude hoeve een agriturismo beginnen. Na een grondige verbouwing en de nodige investeringen komen er al snel veel gasten. Carlo en Heleen genieten van hun nieuwe leven als gastheer en gastvrouw, en van het fantastische Italiaanse leven. Net als de kinderen Florian en Sophia zijn ze helemaal ingeburgerd in de kleine gemeenschap.

Maar wanneer er onverwacht vreemde dingen gebeuren op de agriturismo valt hun droomwereld in scherven. Een gruwelijke gebeurtenis brengt een verzwegen verleden naar boven en dwingt hen om hun complete toekomst op het spel te zetten...

*Villa Toscane*
Paperback, 224 pagina's
ISBN 978 94 6068 332 9
€ 6,-

*Als haar kersverse echtgenoot tijdens de huwelijksreis verdwijnt, staat Hannah voor een raadsel. Hoe goed kent ze de mensen die ze altijd vertrouwde...*

*Blue Curaçao*
Paperback, 288 pagina's
ISBN 978 94 6068 199 8
€ 6,-

*Op vakantie in Hurghada loopt Suzanne haar ex-vriend tegen het lijf en de zorgeloze strandvakantie die ze voor ogen had, verandert in een nachtmerrie.*

*Last Minute*
Paperback, 256 pagina's
ISBN 978 94 6068 075 5
€ 6,-

*Anne geniet volop van haar relaxte leven als makelaar aan de Spaanse Costa. Een gruwelijke vondst in een van de villa's zet alles op zijn kop...*

*Viva España*
Paperback, 256 pagina's
ISBN 978 94 6068 239 1
€ 6,-

*Voetbalvrouw Michelle gaat mee op trainingskamp naar Gran Canaria. Maar wat een gezellige week belooft te worden, eindigt in een nachtmerrie.*

*Voetbalvrouwen*
Paperback, 160 pagina's
ISBN 978 94 6068 153 0
€ 6,-

*Op kampeervakantie met haar gezin in Frankrijk raakt Mieke in de ban van de mysterieuze Ewoud. Al snel loopt de spanning op...*

*Vakantievrienden*
Paperback, 108 pagina's
ISBN 978 94 6068 104 2
€ 6,-

*De wintersportreis van Nienke heeft alles weg van een droom, zeker als twee reisgenoten avances maken. Maar de meeste dromen zijn bedrog...*

*Ski Resort*
Paperback, 224 pagina's
ISBN 978 94 6068 277 3
€ 6,-

*Tijdens de skivakantie in Kirchberg verdwijnt de kleine Marius. Een grote zoekactie levert niets op en de politie staat voor een raadsel...*

*Piste Alarm*
Paperback, 240 pagina's
ISBN 978 94 6068 159 2
€ 6,-

*Vier stellen gaan op skivakantie naar Saalbach Hinterglemm. Als een van hen verongelukt bij het offpisteskiën begint een duistere reis door het verleden...*

*Off Piste*
Paperback, 256 pagina's
ISBN 978 94 6068 274 2
€ 6,-

*Vier vriendinnen genieten van een skivakantie in Kirchberg. De moord op een van hen stelt de politie voor een raadsel.*

*Winter Chalet*
Paperback, 256 pagina's
ISBN 978 94 6068 157 8
€ 6,-

*'Linda van Rijn heeft een schrijfstijl die de lezer aan het boek geboeid houdt.* Zomerhuis *zorgt voor uren puur leesplezier.'* – VROUWENTHRILLERS.NL

'Winterwereld *is een perfect vakantieboek.'* – CHICKLIT.NL

*'In* Winterzon *voel je de hitte van het zand, de weldaad van de zon en de ophitsende vakantiesfeer van een beachparty. Genoeg om als lezer al reikhalzend uit te zien naar je volgende vakantie.'* – HEBBAN.NL

'Zeezicht *is wederom een bloedstollend spannend vakantieverhaal van Linda van Rijn. (...)'* – CHICKLIT.NL

'Piste Alarm *is een echte vrouwenthriller, geschreven in een vlotte stijl en vol emoties. En tegen het einde zelfs superspannend!'* – CRIMEZONE.NL

*Er zit een mooie vaart in het verhaal. Een aanrader voor je vakantiekoffer.'* – VROUWENTHRILLERS.NL

*'Door de vaart, de onderhuidse spanning, maar ook door de menselijke keuzes van de hoofdpersoon in* Last Minute *blijf je 'hooked' aan dit boek.'* – CRIMEZONE.NL

'Viva España *is een heerlijke, zomerse thriller, die je lekker in de zon, op het balkon of op vakantie op het strand of aan het zwembad moet gaan lezen!'* – CHICKLIT.NL

*'Als je dit boek dus gaat lezen, bewaar 'm dan voor in je koffer. Ideaal om mee te nemen op vakantie.'*
– READABOOK.NL

*'Een heerlijk spannend boek voor een paar uurtjes leesplezier bij het zwembad. Zo zit je uiteindelijk toch weer op het puntje van je strandstoel!'* – VROUWENTHRILLERS.NL

'Vive la France *is een superspannende pageturner. Een aanrader voor de vakantiekoffer.'* – VROUWENTHRILLERS.NL

*'De combinatie van de spannende proloog en de onderhuidse, subtiele spanning tussen de hoofdpersonen zorgen ervoor dat* Winter Chalet *je vastpakt en niet meer loslaat.'*
– CHICKLIT.NL

'Villa Toscane *is een heerlijke zomerthriller, en ook ditmaal schoof ik langzaam naar het puntje van mijn strandstoel.'*
– FLAIR

*'De ontknoping mag er zijn. Korte, flitsende zinnen doen je als het ware meerennen met Eva. Je voelt de adrenaline. Je zit in haar hoofd. Je wil antwoorden en liefst zo snel mogelijk. Pas als alles op zijn pootjes terecht komt, durf je weer voluit te ademen.'* – HEBBAN.NL

*Lezers van Linda van Rijn lezen ook graag*
*Mariëtte Middelbeek*

*Vier vriendinnen, die elkaar kennen van de middelbare school, zoeken weer contact nadat in de duinen van Bloemendaal het lichaam van de vijfde vriendin uit het groepje wordt gevonden. Maar voor ze elkaar hebben ontmoet, slaat het noodlot ongenadig toe.*

*Flashback*
ISBN 978 94 6068 421 0
€ 6,-

*Als haar driejarige dochter Bibi wordt ontvoerd, begint voor Lena een verschrikkelijke nachtmerrie. Is het geld waar de ontvoerders opuit zijn, of is er iets heel anders aan de hand?*

*Revanche*
ISBN 978 94 6068 415 9
€ 19,99

Colofon



Redactie: Karin Dienaar
Omslagontwerp: Riesenkind
Omslagbeeld: Shutterstock | Konstantin Kuznetcov
Zetwerk: Studio Marian Akkermans
Druk: Wilco

Eerste druk mei 2018
Zevende druk maart 2020

ISBN 978 94 6068 443 2
E-ISBN 978 94 6068 771 6
NUR 305



Uitgeverij Marmer BV
De Botter 1
3742 GA BAARN
T: +31 649881429
I: www.uitgeverijmarmer.nl
E: info@uitgeverijmarmer.nl

www.lindavanrijn.nl
@lindavanrijnthrillers